古典詩歌研究彙刊

第十輯

襲鵬程 主編

第 1 冊

三國時期魏地文士「惜時生命觀」研究
——以建安七子與曹氏父子之詩歌為研究對象

丁威仁 著

國家圖書館出版品預行編目資料

三國時期魏地文士「惜時生命觀」研究——以建安七子與曹氏
父子之詩歌為研究對象／丁威仁 著—初版—新北市：花木
蘭文化出版社，2011〔民100〕
目 2+142 面；17×24 公分（古典詩歌研究彙刊 第十輯；第 1 冊）
ISBN 978-986-254-574-4（精裝）
1. 詩歌 2. 三國文學 3. 生命哲學 4. 詩評
820.91 100015344

ISBN-978-986-254-574-4

古典詩歌研究彙刊
第十輯 第一冊
ISBN：978-986-254-574-4

三國時期魏地文士「惜時生命觀」研究
——以建安七子與曹氏父子之詩歌為研究對象

作 者 丁威仁
主 編 龔鵬程
總 編 輯 杜潔祥
出 版 花木蘭文化出版社
發 行 所 花木蘭文化出版社
發 行 人 高小娟
聯絡地址 新北市永和區中正路五九五號七樓
電話：02-2923-1455／傳真：02-2923-1452
網 址 http://www.huamulan.tw 信箱 sut81518@gmail.com
印 刷 普羅文化出版廣告事業
初 版 2011 年 9 月
定 價 第十輯 20 冊（精裝）新台幣 28,000 元

三國時期魏地文士「惜時生命觀」研究
—以建安七子與曹氏父子之詩歌為研究對象

丁威仁 著

作者簡介

丁威仁，1974 年出生於基隆。東海大學中文系文學博士，現任新竹教育大學語文系專任助理教授，兼通識中心主任。曾獲 2005 年第 27 屆、2007 年第 29 屆聯合報文學獎新詩組評審獎，九十年度教育部文藝創作獎新詩組首獎，全國優秀青年詩人獎等。學術研究方向為中國古典詩文理論與批評、魏晉與明代文學、台灣現代詩、現代文學、網路文學、中國古代房中思想等。出版詩集《末日新世紀》（文史哲出版社）《新特洛伊・ New Troy ・行星史誌》，以及論文專著《明洪武、建文時期地域詩學研究》、《戰後台灣現代詩史論》。個人網頁為：http://mypaper.pchome.com.tw/news.php/kylesmile/

提　　要

　　生命意識發展史是構成文、哲學史的重要部分，文學中所表現的生命問題，不僅是作為一個單一的命題討論，而是必須認識到生命觀與生命價值的追尋，是構築一個人精神本體的基質，決定了他的行為方式、價值觀念以及人生境界的理想，也對其審美觀照產生了影響，因此，從研究典型生命人格與群體性生命問題入手，便可以形成文學史的一個嶄新思路，這也是跨學科研究的一種嘗試。筆者在碩士論文的撰述過程裡，提出的討論命題，即是惜時生命觀的系統思維，此文裡架構了一個「惜時系統」將魏晉文人對於生命價值的追索，以及生命意識的思考，作系統化的整理與歸納，並且利用此系統作初步性基礎階段的分析與論述，討論的焦點集中於三曹時期北地的文士生命意識，並以曹氏父子與建安七子作為典型，採用他們的詩文作為觀察文本，輔以其生命歷程的考察作為佐證，討論一般所認為的建安時期（在文內以三曹時期作較為精確的處理），北地文士所普遍呈現的乘時意識，進而去補充發明學者所稱建安風骨時代，是一個乘時思維為內在價值根源的進取時代，在撰述過程中，幸蒙授業恩師王文進教授、以及尤雅姿教授的悉心指導，獲益甚多，並藉此使筆者思考未來繼續處理此一命題的可能性。

目次

第壹部份：惜時系統的建構

第一章 緒 論

　　本文的研究範疇可分數點加以說明與澄清，首先提及的是三曹時代的義界問題，就歷時性的角度討論斷代，〔註1〕在筆者的思考中可

〔註 1〕 從歷時性的角度言之，亦即是談論事件的連續性，如何去組構出一個文化思維與時代意識？而事件的發生又和整體的文化、社會思潮有何重大的聯繫？亦或是受到此思潮的影響？這些討論在歷時性的角度上是互動而相涉的，縱使是斷代的定位，每一個被定位的斷代，實際上也是一首連續性的史詩，在史詩裡以一中心主旨去貫串說明歷史片段如何銜接的疑問，進而構築出所謂的「時代思潮」，其中所有的事件、人物，似乎都應被史家處理成此共相思潮下的一個環節，殊相則成為典律之外的歧出。請參拙文〈詩史、詩社、詩潮、新世代〉，發表於海峽兩岸詩刊學術研討會論文集，文建會主編出版，頁1～2。而文學史上所標誌的建安文學，大體上與本文所義界的時序相同，指涉的是漢獻帝建安元年至魏明帝太和七年近40年的時間，據學者的分期，可劃為三個時期：建安元年至十三年為前期，悲壯慷慨是主要的思維基調；建安十四至二十五年為中期，為鄴下時期，政治相對穩定，作品的現實意義衰弱；從黃初元年至太和七年，則是建安文學的尾聲，透過曹植反映了積極的功業追求已然被苦悶的生命詠嘆所取代。當然，亦有學者持不同意見，認為第一階段為漢靈帝中平元年至漢獻帝建安九年，為形成期；第二階段從漢獻帝建安十年至二十二年，為全面發展階段；第三階段從建安二十三年到魏明帝景初三年，為衰弱期。筆者因為此時期的文學與生命思維有這因人、因時、因地而異的豐富變化，所以筆者以三曹時代去取代過去習稱的建安文學，以充份概括此時遇討論的各種問題意識，而對於分期的觀念，筆者則以前者的說法作為基礎。可互參〈從三曹七子到二十四友——試論魏晉文人集團與文學精神的演變〉，李中華

—3—

分成歷史斷代、文學史斷代、與思想史斷代而言。就此時期在文學史的斷代上，多半以建安、黃初、正始作爲討論文風的界線，建安時期所討論的重點集中於建安七子與曹操、曹丕及未禪代之前的曹植等人，但黃初時期的討論則集中於曹植本身文風的丕變與影響，至正始時期則是以嵇康、阮籍作爲代表的竹林七賢作爲分析處理的對象。當然，曹氏父子、建安七子與竹林七賢便成爲文學史家著力的重要構成部分。而本文所提及的三曹時代，則是屬於歷史意義的義界，意指漢末禪讓魏之前，以曹操主政的建安時期；魏成立後以曹丕稱帝的黃初時期；以及曹植去世前的曹叡太和年間，作爲本文三曹時代的定義。此三時期在整體文化氛圍裡，可以說是建安風骨的開始與完成；在個體意識的發展言，三個階段政治與文化的變遷也影響了三個階段呈現出不同的思維風貌，因而筆者所言的三曹時代時可包含漢末以降，至於建安七子、曹氏父子等重要文學史代表作家，而避免採用建安風骨作爲概括，也正是在於此三個階段的文人生命思維之發展，並非單線式地呈現簡單的傳遞關係。爲了反映此時代整體生命思維的狀態，便選取了這種歷史義界的方式作爲分析的依據，希望能夠確實地處理一些前人所遺留的問題。

　　從共時性言，〔註 2〕地理空間當然是一個研究中需要注意的問

　　　　著，收錄於《中國古代、近代文學研究月刊》1995 年第 9 期，頁 97
　　　　～103，北京中國人民大學書報資料中心，1995.10.20；〈近年來建安
　　　　文學研究綜述〉，王巍著，收錄於《中國古代、近代文學研究月刊》
　　　　1994 年第 3 期，頁 126～131，北京中國人民大學書報資料中心，
　　　　1994.4.20。
〔註 2〕共時性研究的詩史學者，著眼於空間坐標，所以力圖去建立各系統
　　　　思維之間的關係與結構，在長時期的編年過程裡去定位形成斷代的
　　　　可能，在已被定位的斷代中，去重現各集團群體的互動場域、界限、
　　　　層次、觀念的區隔和辯證是如何組構出一個斷代的整體風格，這是
　　　　共時性史家著力之處。引述來源同前註。又，近年來關於三曹時代
　　　　文學的研究，已逐漸形成多元化的狀態，大概可以分成幾個方向：
　　　　文學的源流；文學的成就、地位、影響與藝術特色；發展階段的分
　　　　期探討；三曹個別研究、建安七子研究、建安風骨研究等討論方向，

題，其義界在本文的脈絡中必須加以說明，而不同地理空間所呈現的
景物氛圍，的確會導致相異的人文質素與文化意識傾向。而所謂的「北
地」，實指曹操所統治的中國北方領域，從曹操組成青州兵，並在官
渡之戰後，建安九年（204）克鄴，於次年平定冀州，次年取得并州，
後北征烏丸，且擊潰關西的韓遂、馬超，於是曹操所能控制的領域大
致形成，亦即是青、司、雍、涼、荊、豫、徐、兗、幽、并、冀，以
及揚州的一部份，這樣的地理空間可以說是占了中國大部分的北方地
區，而在歷史思考上漢魏承襲了中原思維的正朔，就文學史、思想史
的思考也多以漢魏作爲主要討論對象，與此配合的地理空間定位，當
然在本文中也限制於曹魏統治的北方區域，即是本文簡化後所提出的
名詞──「北地」。

　　本文的討論對象則集中於三曹時代的文士，文士相對於武官而
言，未必在政治與軍事上有任何的才能、功業與建樹，但至少這並無
法能夠與其文學上的才華相比，吳質《答魏戈子箋》所言甚切：

> 陳、徐、劉、應……凡此數子，於雍容侍從，實其人也；
> 若乃邊境有虞，群下鼎沸，軍書輻至，羽檄交馳，於彼諸
> 賢，非其任也。〔註3〕

的確，這句話便把對於所謂文士的定義給明確地作了功能上的分類，
而三曹時期的文士多半存在建功立業的惜時生命思維，亦多半沉鬱下
僚而不得其遇，這使得他們在生命中出現了各種的矛盾與掙扎，也提
供了本文討論的可能性與價值所在，所以本文以建安七子作爲一章便

　　當然在這些討論中，也多數會提及此時期文士對於生命的思維與觀
照，然而也多半成爲旁證與附屬的討論地位，本文則採取逆向思考，
以曹氏父子與建安七子的詩歌作爲工具，並配合對於當時社會文化
與思想背景的處理，去觀察此時期文士普遍存在的「惜時生命思維」
如何透過「乘時」的價值思考去消解「傷逝悲感」，與生命內在的掙
扎與痛苦。關於三曹時期文學的研究概況，請參〈近年來建安文學
研究綜述〉，王巍著，收錄於《中國古代、近代文學研究月刊》1994
年第 3 期，頁 126～131，北京中國人民大學書報資料中心，1994.4.20。
〔註 3〕引自《魏晉南北朝文論選》，人民文學出版社，頁 38，1996.10。

是欲分析文士面臨生命掙扎的思維，面對價值系統無法完成的困惑。當然針對權力結構不同、權力場域的位置歧異的政統控制者而言，他們也在共同的文化社會的意識張力網裡與文士群體彼此互構，然而正因爲地位的相異，導致了關於惜時生命思維的不同思考，而他們往往又是政體的領導者，而實際上他們也並不背離具備文士的身分，曹氏父子便是筆者所分章論述的重點，他們和其他諸多作爲臣下的文士彼此互構交集並激盪出整個生命思維場域裡的各個分子，而其中曹植雖然具有王室身分，但因爲特殊的生命氣質與生命經歷，相對地存在著多種的矛盾與糾結，透過對於他惜時生命思維的解剖，我們可以補充前述討論的不足處，也可以做一個整體性的觀照與巡禮。而透過本文所選擇討論對象的分析，筆者將會力圖呈現與勾勒出三曹時代整體性惜時生命思維的結構面貌，以補充發明前輩學者在此時代的各類型論述所得。

在本論文中的討論主題是透過惜時系統的完成而被定義的，在第壹部份本文將會提出這個系統，加以說明。就本文的論述而言，此時代的文士共同普遍呈現出「傷逝悲感」的生命情調，對於時空有著極爲高度的敏感性，於是在他們的作品中，透過各種題材與客體對象的描寫，往往指涉的就是關於惜時的主題。正因爲如此，此主題在筆者的思考中其實是一個較爲龐大的系統，在這個系統模式裡，由於討論對象與時空的限制，於是大都集中在此時普遍呈現的「乘時」生命思維裡，並兼及應時式的「及時行樂」思維模式，透過人格典型的提出與其作品的佐證，本文在第貳部份時，企圖探討此時文士所內在「惜時生命觀」所呈現出的共向與殊向，並藉此論述來還原此時其文士的眞實生命面貌與價值根源的歸趨。

本文在撰述過程裡，採用的方法與模式是交錯並互構的；首先，筆者將會提出一個惜時主題系統作爲本文討論的架構與未來研究的可能方向：此一架構的完成藉由史傳的援引，對於當時社會、文化、政治等各場域狀態的還原，去作爲本文立論的基礎；另一方面筆者透

過討論典型生命歷程的整理，以其詩文作爲研究文本的重要部分，去觀察其生命在活動中與各場域的互動與影響，進而去思考其人格結構的形成；第三，筆者透過當時文化思想意識的認識與檢討，去找出討論對象與此時普遍性思想的互構又爲何？展現出的生命氣質又如何呈現？當然，筆者透過原始史料與此時重要文士作品的基礎處理，作爲援引的依據，以此對應筆者所提出的立論與看法。因筆者在文中討論的方向與角度的多重變換，所以筆者並不以單向的方式去建構思維的基礎，而是在文中經由多重交錯方法的運用，以期能夠去整理出本文的論點與問題意識，並透過此系統的完成與首次的討論，深入並補充過去對此時代研究的些許不足，當然本文的完成闕漏在所難免，但希望藉此作爲筆者研究的眞正開端，相信在未來的研究當中會更加的嫻熟與完整。

或許，有論者將會認爲本文的討論可區分爲彼此不應相屬的兩個研究系統，一爲三曹時期北地士人的生命意識，此屬於思想哲學研究的範疇；另爲文學母題與內在情感，此爲文學研究的領域，而此兩種研究均有其研究之方法，在本文似乎呈現出繁複混沌的狀態。筆者在此必須加以說明，首先，透過文學母題的討論去反映此時文士面對環境所呈現的內在情感，原是一種探索的方式，然而我們不當割裂其於本體生命意識的關係，本體所內蘊的生命意識，往往便透過內在情感的勃發，形諸於文字、語言或者藝術作品之後，才成爲研究者所討論的對象客體物，假使此一推論可能成立，那麼這兩種範疇之間便不再存有矛盾糾結的方法難題。雖然如此，由母題回溯的研究方式，不爲本文論述所採用，本文所提出的系統實際上是透過外部環境以及文化思潮所完成架構的，作爲文學基礎的母題討論，也是此架構中的一個重要環節，但並非是由此作爲方法運用的起始點；且第貳部份典型的觀察，本爲架設本文之研究命題，並非純粹處理文本的賞析與討論，而是以此既相屬於文化環境卻又彼此分殊的典型人格，去涉入並對應第壹部份的系統提出。而以典型人格的詩歌作品作爲討論的工具，也

正源於中國詩歌言志抒情的思維系統，透過對於詩歌的分析，去討論典型人物內在的生命意識，並以此去豁顯本文系統的結構性命題，辨證此時群體性生命思維的端緒，應是本文所研究的重點，如有對於章節、資料的配置混沌，前景、背景之安排籠統、複沓，或是命題與本爲內容對應關係不足等疑問，這或許是本文在處理上，未來應匜思的改善之道，也的確希望本文可以作爲此後研究此一命題的濫觴。

第二章　惜時系統的完成

　　「傷逝」是文學作品的永恆母題，人類在有限的生命當中，往往對於死亡的經驗抱持著畏懼或是疑惑的態度，所以在有限的生命進程中，人類對於生活裡的紛雜煩擾，便採取不同的應對方式。於此，人們常常思考一個問題，即是如何透過他人之死亡去感受觀照內心的畏懼，透過他人之死亡去衡量、消解這種畏懼，並提出策略去完成未知的生命進程：

> 在海德格爾那裡，任何情感的泉源是憂慮（angoisse），它是對存在的憂慮〔恐懼屬於憂慮，它是憂慮的一種變形〕。
> 〔註1〕

實際上，憂慮的導生並非從任何無關的它者所引出，多數的人們總是探索著時間所代表的意義，想要去追尋死亡的意義爲何，於是死亡便成爲了一個不確定的問題，是生命時間流動中對於眞實的人的未知，既然是未知，人類在關注時間的問題時，向外則從他人之死去推測存在物毀滅的經驗，向內則對自身的生命進程作一反省與思考，弔詭的是，這種思考卻「只能通過對外部世界的認識才能達到」。〔註2〕這種透過自身內省式的思考，對生命無常短促的深刻感受，代表著人類個

〔註1〕艾瑪鈕埃爾·勒維納斯著，余中先譯《上帝、死亡與時間》，生活、讀書、新知三聯書店。1997.4，頁10。
〔註2〕引自滕守堯《審美心理描述》，中國社科出版社，1985，頁368。

體自覺與生命意識的覺醒。「死是生的前提，只有在此關係中，即在不斷的毀滅中，創造之力才會生機勃勃。從而生成（werdem）與消亡（Vergehen）是相互關聯著……」〔註3〕在這基礎上，人類開始對生存價值與生命定位有了高度的關係與思考，開始去追求生命的自由，希望能夠超越生命的痛苦，所以「惜時」正是人類在個體意識覺醒後，對生死問題的某種抵拒與超越。

「儒學中衰，造成大一統觀念的瓦解和思想的大解放，於是生活情趣、生活方式皆有顯著之變化。由於倫理觀念淡化了，自我意識覺醒了，在生命意識、價值意識、情性意識方面，都走向新變突破的道路……自我覺醒、及時行樂之餘，遂有生命短促、世事無常之哀感。在人生觀的轉折改易中，悲情意識也獲得了消解與昇華」，〔註4〕對於生命價值展開獨立思考，實是三曹文士所普遍面對的心靈問題，本章從三個角度申說在此時形成「惜時」觀念的因素，以及提出一每惜時系統去處理本文此後的討論。

第一節　自然災異頻仍

我們試著把這個最基礎的認識，放在本文的脈絡當中，其實經過漢末的亂離，社會倫理的結構徹底崩解，作爲政統的中央政體（state）系統瓦解後，導致相對平衡的社會機制（society）系統亦出現崩離的狀態，〔註5〕在兵連禍結、哀鴻遍野的情形下，穩定社會文化的政統

〔註3〕 引自《詩化哲學》，山東文藝1986年版，頁198。

〔註4〕 論者認爲，建安時期悲情意識形成的內因外緣，有四個方面：處世橫議、喪亂頻仍、儒學中衰、以及任情縱欲。筆者則在此章討論惜時系統完成的諸多問題，則提出三個思考面向，其餘關於惜時系統思想與文學的背景基礎，則留待下章處理。請參引〈建安詩人的悲情意識——以三曹七子的詩歌爲例〉，張高評著，收錄於《第三屆中國詩學會議論文集——魏晉南北朝詩學》，國立彰化大學國文系編印，頁183～222。

〔註5〕 就本文所言的state系統，指涉的是中央政權的統治機制與模式，亦包含政體控制場域的意義，例如漢代的皇權統治模式，其統治方式

機制不再成爲控制的力量，原本作爲社會機制（society）系統的經學道統也呈現出疲弊的姿態，人們就必須去正視自我生存與生命該如何安頓的問題。因爲政統的崩解，人們在漢代被社會化建構的道統觀念與價值標準，隨時可以解消，於是文學主題便回歸到以人們每日面對的現實作爲題材來源。據筆者初步的統計，東漢安室至獻帝除了在政治上使得士人生命面對朝不保夕的情況外，自然災異的不勝枚舉更讓多數的平民百姓，也面對著生命隨時可能消逝的不確定狀態。雖然，自然災害次數的多寡，實無法強調自然災害流行之普遍，然而筆者以量化統計出的發生頻率作一分析，的確可以反映出區域性的社會結構，因接續不斷的災害與動亂，而無法恢復元氣的現實狀態。而建安年間的災害發生頻率相對於前代而言亦呈現出較低的情況，此時的北地政治情況也相對地逐漸穩定，由此可知若以中央政體（state）與社會結構（society）情態相互參照，確可證明自然災害對於社會結構的影響與刺激。筆者援引《後漢書》、《三國志》、《資治通鑑》等史書，簡略整理東漢末自然災異的狀況爲下表：

帝　王	年號	災　　異　　狀　　態	備　　註
漢安帝	永初	地震 6，旱 4，雹 2，山崩 1，水 5，飢荒 1，蝗 3	7 年 22 次
	元初	地震 6，旱 5，雹 1，水 1，蝗 2，疫 1	6 年 16 次
	永寧	地震 1，雨 1	1 年 2 次

幾經更迭，但均不妨害皇權的最高指導原則，直至漢末皇權因亂離而瓦解，新的中央統治系統：挾天子以令諸侯於是誕生，直到魏文稱帝，又進入了另一種改朝換代的集權統治機制。而所謂的 society 系統，亦即是中央統治機制的地方管轄範圍，亦指涉社會結構整體的狀態，而地方官吏即是中央統治機制的分身，然而 society 系統卻又受到地域性文化的縱深影響，例如地方豪族或士族的勢力，地方性沿習已久的風俗習慣等等的干預政治性的地方運作，使得 state 系統在維繫 society 系統時，有著相對應的複雜思考。我們在分析此時代的任一情況與文本時，情境分析模式的考量是必要且須關注的。而本文採用 state 與 society 作爲分析的方法之一，並不欲給閱讀者帶來困擾，故就此處作一說明。

	建光	地震 1，雨 1	1 年 2 次
	延光	地震 4，雹 1，山崩 3，雨 1，水 1，疫 1	4 年 11 次
	總計	地震 16，饑荒 1，旱 9，蝗 5，雹 4，雨 3，山崩 4，疫 2，水 7	19 年 51 次
漢順帝	永建	地震 1，旱 2，雨 2，蝗 2，疫 1	6 年 8 次
	陽嘉	旱 2，饑荒 1，地震 4	4 年 5 次
	永和	蝗 1，水 1，地震 4，旱 1	5 年 7 次
	漢安	地震 1	2 年 1 次
	建康	地震 1	1 年 1 次
	總計	地震 5，疫 1，旱 5，饑荒 1，雨 2，蝗 3，水 1	18 年 18 次
漢沖帝	永嘉	旱 1	1 年 1 次
漢質帝	本初	水 1	1 年 1 次
漢桓帝	建和	地震 2，饑荒 1，水 2	3 年 5 次
	和平	地震 1	1 年 1 次
	元嘉	地震 2，旱 1，疫 1，饑荒 1	2 年 5 次
	永興	蝗 2，水 2，地震 1	2 年 5 次
	永壽	山崩 1，饑荒 1，水 1，地震 1，蝗 1，地裂 1	3 年 6 次
	延熹	蝗 1，旱 1，地裂 1，雨 1，山崩 1，疫 1，雹 2，地震 3，饑荒 1	9 年 12 次
	永康	地裂 1，水 1	1 年 2 次
	建寧	雨 1，雹 1，饑荒 1，地震 1，地裂 1，疫 1	4 年 6 次
	總計	地震 11，水 6，饑荒 5，山崩 2，地裂 4，旱 2，雨 2，疫 3，雹 3，蝗 4	25 年 42 次
漢靈帝	熹平	雨 1，地震 2，疫 1，水 2，螟 2，旱 1	6 年 9 次
	光和	地震 2，疫 2，旱 2，雹 1，水 1，山崩 1	6 年 9 次
	中平	疫 1，雹 1，螟 1，水 1，雨 1	6 年 5 次
	總計	地震 4，雨 2，疫 4，水 4，螟 3，旱 3，雹 2，山崩 1	18 年 23 次
漢獻帝	初平	地震 2，雹 1，山崩 1	4 年 4 次
	興平	地震 1，蝗 1，旱 1	2 年 3 次
	建安	旱 2，蝗 1，水 3，饑荒 1，地震 1，螟 1，雨 2，疫 1	24 年 11 次
	總計	地震 4，山崩 1，旱 3，雹 1，蝗 2，水 3，饑荒 1，螟 1，雨 2，疫 1	30 年 19 次
總計			112 年 155 次

頻率統計：

帝　王	年　號	頻率（次／年）	帝　王	年　號	頻率（次／年）
漢安帝	永初	3.14	漢桓帝	和平	1
	元初	2.67		永壽	2
	永寧	2		延熹	1.33
	建光	2		永康	2
	延光	2.75		建寧	1.5
	總計	2.68		總計	1.68
漢順帝	永建	1.33	漢靈帝	熹平	1.5
	陽嘉	1.25		光和	1.5
	永和	1.4		中平	0.83
	漢安	0.5		總計	1.27
	建康	1	漢獻帝	初平	1
	總計	1		興平	1.5
漢沖帝	永嘉	1		建安	0.46
漢質帝	本初	1		總計	0.63
漢桓帝	建和	1.67	總　　計		1.38
	元嘉	2.5			

　　從上表我們不難看出，東漢末的自然災害，不僅發生的時間極長，並且規模龐大，各種不同的災害又同時迸發，政權其實並無力應付如此迅速且多樣化的災難現象，就社會文化現象言，凡是大型災難的發生，都會導致人類巨大的恐懼，喪失對土地的依戀與安定感，從災害帶來的隨時可能發生的死亡，更是使得人們開始懷疑政統維繫社會的力量，於是人們為求自保、延續生命，便會開始重新組構社會機制（society）的力量去穩定生活場域，我們便不難看見關於各種生命過程的思考，進入民眾以至於文人的寫作中。曹植〈送應氏〉一詩寫於建安十六年，其時已過漢末全面動亂的時期，我們從表中可以看到曹操主政的建安時期，每年自然災害發生的頻率低於 1 以下，與前代相較有著相對穩定的發展，也低於漢末平均值 1.38 以下許多，但因為災害與動亂引起社會文化的荒蕪情狀仍未恢復元氣，曹植此時由尚

時北地的行政中心鄴城向西而行，旅經洛陽，於是登上邙山顧盼洛陽宮室的衰頹，寫出了如下的句子：

> 步登北邙阪，遙望洛陽山。洛陽何寂寞，宮室盡燒焚。垣牆皆頓擗，荊棘上參天。不見舊耆老，但睹新少年。側足無行徑，荒疇不復田。遊子久不歸，不識陌與阡。中野何蕭條，千里無人煙。念我平常居，氣結不能言。〔註6〕

這可以說是漢末動亂後對洛陽一地情況的一個實錄，過去的洛陽應是「長衢羅夾巷，王侯多第宅。兩宮遙相望，雙闕百餘尺。」〔註7〕的繁華模樣，然而經過董卓之亂〔註8〕後，繁華已成爲歷史與文學裡的記憶，眼前所見到的只剩下無法恢復元氣的荒蕪頹敗的一地廢墟，曹植在此亂後二十餘年重新登臨邙山，洛陽人事已非，殘敗卻依然，荊棘圍繞著整個荒煙野地，放眼望去不僅田地是雜草叢生，當背井離鄉的遊子歸來時，早就難以辨識自己的家園，只剩下孑然無根的飄零哀傷。曹植寫實的手法，完整地鋪敘自己登邙山見洛陽的畫面，在娓娓道來之際把自己的對於漢末動亂的情緒內蘊其中，念及整個社會的殘破，只有發出沉重的嘆息。此如蔡琰五言的〈悲憤詩〉般，可以作爲漢末的歷史實錄：

> 卓眾來東下，金甲耀日光。平士人脆弱，來兵皆胡羌。獵野圍城邑，所向悉破亡。斬截無孑遺，屍骸相撐拒。馬邊懸男頭，馬後載婦女。〔註9〕

董卓的殘虐無道，使得漢末的社會呈現了殘破不堪的圖像，「個體的生命財產得不到群體的保護時，人的群體生命觀念便會由個體生命觀

〔註6〕 引自《先秦漢魏南北朝詩》，逯欽立輯校，木鐸出版社，頁454。

〔註7〕 引書同上註，《古詩十九首·青青陵上柏》，頁329。

〔註8〕 《三國志·魏志·董卓傳》：「初平元年二月，乃徙天子都長安，焚燒洛陽宮室，悉發掘陵墓，取寶物。」董卓在往長安前，將洛陽焚爐，並大掘陵墓，將洛陽城變成了一個廢墟。引自〔晉〕陳壽著，陳乃乾校點，《三國志》，北京中華書局二十四史點校本，1959.12 一版，1982.7 二版，1985.8 二版 8 刷。

〔註9〕 引書同註6，頁199。

所取代……人們依靠群體以保證生命財產安全的願望在這血腥的廝殺中化爲泡影。於是，傳統的群體生命觀便隨之失去了曾經有過的強大統治力量。隨著人們個體意識的覺醒，個體生命意識也開始回歸。……而是從個體的腳步去對待生命……」，〔註 10〕此語正是說明漢代一統集權中央政體（state）在漢末崩解後，各種割據的力量藉由社會機制（society）的掌控，便不再依賴中央政體（state）集權的控制思維，人們也因爲生命無故消亡的頻仍，認識到自身的生命價值所在並不從屬於群體價值意識的建構，於是人們開始向內索求個體生命存在的意義，以及生命時間短暫生滅的哀挽，這種「哀悼的亡故的積極意義在於，死震動了生者，使生者有所醒悟，並在更高的程度上思索，探究活著的意義」，〔註 11〕更何況此時人們對於生死的思索，建基於「傷逝悲感」的情感濫傷，所以當人們的個體自覺已意識到生命時間的倏忽時，便開始追求生命密度的累積，去遞嬗原本生命長度延續的長生思考。

第二節　多元政治角力

筆者據《資治通鑑》的編年記載整理一表，起於漢獻帝即位之初平元年，迄於曹操「挾天子以令諸侯」之漢獻帝建安元年，以呈現當時禍亂不安的政治現實，並可反映當時社會狀態的崩離，以及百姓朝不保夕的生命過程，作爲本節論述的起點：

漢獻帝	初平元年	正月	關東州郡皆起兵以討董卓
		二月	卓悉徙其餘民數百萬口於長安，死者不可勝計
	初平二年	正月	關東諸將欲立劉虞爲主，後止

〔註 10〕引自《六朝社會文化心態》，趙輝著，文津出版社，頁 116～120，民85.1。

〔註 11〕引自〈難以「忘情」與魏晉士人的人生傷痛──讀《世說新語》札記〉，高建新、張維娜著，收錄於《語文學刊》總第 119 期（1997年第 3 期），內蒙古師範大學《語文學刊》編輯部，頁 3，1997.6。

		七月	是時關東州郡務相兼併以自強大，中國境內呈現割據狀態
	初平三年	正月	袁紹戰公孫瓚
			曹操擊匈奴等於內黃
			董卓服僭擬天子
		四月	呂布斬殺董卓，以王允錄尙書事
		五月	李傕、郭汜等引兵攻長安，殺王允
		十二月	曹操破黃巾，收精銳，號爲青州兵
			袁術破袁遺，得揚州
	初平四年	正月	曹操破袁術
		六月	袁紹呂布共擊燕
			曹操擊陶謙，破之
		十月	公孫瓚擊劉虞，斬之
漢獻帝	興平元年	二月	馬騰、韓遂擊李傕等於長安，敗走
			曹操攻陶謙、破劉備
			兗洲郡縣皆應布，布攻傕城不能下，西屯濮陽
		四月	不雨，長安中人相食
		五月	李傕、郭汜、樊稠控制朝政，遂行己意
		八月	操攻呂布別屯於濮陽西
		十月	操新失兗州，至東阿
		十二月	劉璋爲益州刺史，擊劉表
			劉備領徐州
			孫堅死，子策渡江，結納豪俊
			孫策攻陸康，拔之
	興平二年	正月	曹操敗呂布於定陶
			李、郭、樊各相與矜功爭權，欲鬥者數矣
		二月	李殺樊稠，由是儲將轉相疑貳
			李、郭治兵相攻矣
		四月	郭汜議攻李，楊奉拒汜，兵退
			內外隔絕，帝與侍臣有飢色
		閏月	曹操攻呂布將薛蘭等
			曹操攻拔定陶，大破呂布，布東奔劉備

			李、郭相攻連月，死者以萬數
		七月	郭汜欲令帝車駕幸高陵，公卿及張濟以爲宜幸弘農，議不決
		八月	帝車駕幸新豐，郭汜復謀脅帝還都郿，謀泄，棄軍入南山
			曹操圍雍丘
		十月	郭汜黨夏育、高碩等謀脅乘輿西行，時火起不止，楊定、董承將兵迎天子幸楊奉營，並破夏育等
			李、郭欲劫帝而西，張濟與之合，共追乘輿，大戰於弘農東澗，董承、楊奉軍敗，百官士卒死者，不可勝數
			承、奉等招白波帥與南匈奴右賢王，率眾數千其共擊李、郭，大破之
			復東引，李傕等復來戰，反破之，奉等大敗，死者甚於東澗
			帝又遣太僕韓融至弘農與汜等連和，乃放遣公卿百官是時，長安城空四十餘日，強者四散，羸者相食，二三年間，關中無復人跡
			沮授說袁紹挾天子以令諸侯，紹不從
			孫策渡江轉鬥，所向皆破，擊劉繇勝，威振江東
漢獻帝	建安元年	正月	董承、張楊欲以天子還洛陽，楊奉、李樂不欲，由是諸將更相疑貳
			曹操破汝南、潁川黃巾何儀
		六月	袁術聯布攻劉備以爭徐州，備兵潰，後請降於布，布使屯小沛
			楊奉、韓暹奉帝東還
		七月	車駕至洛陽
		八月	幸南宮楊安殿
			是時，宮室燒盡，百官披荊棘，依牆壁間，州郡各擁強兵，委輸不至；群僚飢乏，尚書郎以下自出採稆。或飢死牆壁間，或爲兵士所殺
			袁術有僭逆之謀
			曹操在許，遣揚武中郎將曹洪將兵西迎天子，董承等據險拒之，洪不得進
			董承潛召操，操乃將兵詣洛陽

	車駕出而東，遂遷都許，幸曹操營，以操爲大將軍，封武平侯，始立宗廟社稷於許
	孫策將取會稽，攻王朗
九月	車駕之東遷，楊奉自梁欲邀之
十月	曹操征奉，奉南奔袁術，攻其梁屯，拔之
	北海太守孔融歸曹
	因中平以來，天下亂離，民棄農業，諸軍並起，飢則寇掠，保則棄餘，瓦解流離者，不可勝數，故棗祗請建置屯田，曹操從之
	呂布攻備，備敗走，歸曹操

　　從上述表列可以發現，獻帝初期的政治紛爭極爲頻繁，所帶來的動亂也使得社會圖景呈現出荒涼與殘破的狀態，尤其是洛陽、長安一地，經過董卓亂政所引致的軍閥自相攻伐，使得此處在短短數年之間成爲廢墟，百姓在此無法生存相續，死亡以及流離失所的人並不在少數，這反而把人們逼迫到了死神面前，去面對隨時可能死亡的恐懼，與不知所終的悲哀，「人們依靠群體以保證生命財產安全的願望在這血腥的廝殺中化爲泡影」，〔註12〕人們不再認爲永恆時間可由自己去完全掌握，相對地意識到生命時間不過是短暫的瞬息，隨之而起的便是濃厚的哀傷情緒，對於人生苦短的歎逝之悲便成爲這個時代文學作品的主旋律。

　　除了社會遭受到極爲嚴重的毀壞外，文化以及學術也因此亂象而受到摧殘與浩劫，除載籍因播遷而有許多的散佚外，許多的文士與學者也因爲動亂而失所、流亡，甚至生命因此受到嚴重斲傷而死亡，《後漢書‧儒林傳》：

　　　初，光武遷還洛陽，其經牒秘書載之兩千餘兩，自此之後，參倍於前。及董卓遷都洛陽之際，吏民擾亂……諸藏典策文章，竟共剖散……及王允所收而西者，載七十餘乘，道路艱遠，復存其半矣。後長安之亂，一時焚蕩，莫不泯盡

〔註12〕引自《六朝社會文化心態》，趙輝著，文津出版社，頁116，民85.1。

爲……〔註13〕

文化作爲社會群體思維的載體，也是社會得以維繫的內在基礎，當此基礎受到破壞而結構崩解時，這種文化秩序的紊亂導致的便是社會無法迅速自我調節、恢復元氣。文化作爲一個穩定的力量，而文士便自覺承擔文化發展的使命，面對漢末的亂離，文士們一方面因個體意識覺醒而深切體認到時空與自我的糾葛與矛盾，一方面卻必須承載維繫文化、穩定社會的義務責任，「避亂鄉居或遠徙邊所的人，或隱居以琴書自娛，或於草莽之中聚徒講學，史乘所載，比比皆是。另外，那些居於社會上層，有政治和軍事實力的士人，則往往自覺承擔起保護文化的責任……」，〔註14〕這是文士們內蘊惜時思想的一種外在發用，而三曹時期北地文化能夠在亂離後較爲迅速的趨於穩定，也賴於他們自覺地承擔起保存、維護文化實力的責任。此種可貴的人文精神，除建基於本文所提出的群體性惜時思維之上，也反映了此時期的整體時代精神，並成爲催酵文化發展與質變的推進力。

第三節　生命本質覺醒

筆者於上述所言，關於這源自於禍亂相隨的不安現實，而出現的人們情感的激切深沉，表現的最爲深入突出的就是所謂的「遷逝悲感」，〔註15〕這是對於人生、時間的流變和消逝所產生的生命思考，

〔註13〕《後漢書・儒林傳》，北京中華書局二十四史點校本。

〔註14〕請參錢志熙《魏晉詩歌藝術原論》，北京大學出版社，頁 87～89，1993.1。

〔註15〕尤師雅姿曾言「我們若從個人所立足的時空座標點來微觀時間，則生命不過是白駒過隙般瞬息消逝的片片段段；但若從宇宙的宏觀角度來審視它，則斷簡殘篇般的個體生命，或被人切割的分秒時刻單位，將如光點之相網，水滴之相互浸潤，匯聚成時間巨流與生命長河。……」其實自從漢代儒學所提供的神性宇宙觀在東漢末逐漸崩解與質變後，反歸到原始儒學重實用的思考就和時代文化成爲一密不可分的關係，士人因爲個體意識深刻地感受到生命之飄忽易逝，便直覺到自身立足當下的存在時間，這個時間作爲一個點相對於個人的生命時間是更爲重要的，每一個當下對於士人而言似乎都是惜

基調是悲涼深慨的，這種屬於感時的抒寫，在自然災害與政治現實紊亂的東漢末年，有了初步而深入的呈現：

> 青青陵上柏，磊磊澗中石。人生天地間，忽如遠行客。〔〈青青陵上柏〉〕

> 浮雲蔽白日，遊子不願返。思君令人老，歲月忽已晚。〔〈行行重行行〉〕

> 白露沾野草，時節忽復易。秋蟬鳴樹間，玄鳥逝安適。〔〈明月皎夜光〉〕

> 四顧何茫茫，東風搖百草。所遇無故物，焉得不速老。盛衰各有時，立身苦不早。人生非金石，豈能長壽考。奄忽隨物化，榮名以爲寶。〔〈四顧何茫茫〉〕

> 浩浩陰陽移，年命如朝露。人生忽如寄，壽無金石固。〔〈驅車向東門〉〕

> 生年不滿百，長懷千歲憂。晝短苦夜長，何不秉燭遊。爲樂當及時，何能待來茲。〔〈生年不滿百〉〕

> 凜凜歲云暮，螻蛄夕鳴悲。〔〈凜凜歲云暮〉〕 〔註16〕

「傷逝」作爲文學創作的母題，在《古詩十九首》裡有了極爲深重的展現，並且有了相異於《詩經》、《楚辭》「側重物質實用性，精神具體化的惜時」〔註17〕的內在自覺思維。〔註18〕在《古詩十九首》內，

時的開始，對於生命時間在社會時間裡的不確定，又面對著自然時間的永恆，的確傷逝悲感在此時透過方才所述的對照組裡，形成士人以至於整體文化意識與社會氛圍，當下時間的珍視與反思，正是惜時的開始，也是解消生命心靈不穩定的發端。本引文參尤師雅姿〈論魏晉士人時空意識之發生發展與體驗〉，國立中興大學文學院文史學報第二十七期，文史學報編輯委員會主編，民86.6，頁69。

〔註16〕引書同註6，頁329～334。

〔註17〕引自《中國古代文學十大主題》，王立著，文史哲出版社，民83.7，頁39。錢志熙先生亦認爲漢末文人群中流行的生命觀，是以強調生命的物質性爲主，這是漢末貴生適性思想的影響。但經過漢末亂離，社會的殘破與生命的消亡，喚醒了士人的社會責任，以及建功立業的政治理想。而「此時人們在生命問題上的基本矛盾，不是單純地憂慮生命的短暫，而是短暫的生命與理想、與個人生命價值的實現

作者透過「盛時」與「衰時」於時間上瞬間「奄忽」的即時變化，透露人生如寄的想法，在浩浩的時間長流中，我們有限的生命不過如朝露般短暫，畢竟我們對時間的瞬時變動是難以掌握的。我們常常會陷入無所適從的境地，而我們的人生價值又該如何定位呢？詩裡透過「生／死」、「盛／衰」、「晝／夜」、「短／長」、「朝露／金石」的對照組去呈現內在的生命意識，這必然是要透過對於當時外部混亂現實的真切認識，去指向自身面對這種認識的內省，然後去對於人生價值做一個深層的廣泛探索，在此探索之下，由「傷逝」的母題中延伸出「惜時」主題，這個主題的發端，雖可向上溯源至先秦時代的文本，然而從《古詩十九首》裡，我們才發覺惜時主題的完成與可能的深入。〔註

之間的矛盾……」此語正可以補充說明本文關於惜時生命觀的立論基礎。請參〈論中古文學生命主題的盛衰之變及其社會意識背景〉，錢志熙著，收錄於《文學遺產》，1997.4 月號，中國社會科學院文學研究所、江蘇古籍出版社主辦，頁 13～21。

〔註18〕文學的內在自覺思維，並非純粹由單一因素導致產生的，並不是一個「孤立的現象」，是以「個體意識的自覺」作為先行的，「沒有對人的自身價值認識與肯定，沒有尊重人的個性人格觀念的形成」，就無法出現文學的自覺時代。畢竟藝術的創造與完成，多數是屬於個體內蘊的精神活動，只有創作主體的精神獲得自覺的自由思考，文學才有可能濫觴自覺的發展。請參〈從人的覺醒到「文學的自覺」——論「文學的自覺始於魏晉」〉，收錄於《文藝理論研究》，1997.2，頁 45～52。

〔註19〕葉嘉瑩認為「《古詩十九首》寫得含蓄溫厚……深情之中帶有一點收斂之意。可是建安詩歌就不同。建安詩歌都帶有一種激昂和發揚的精神，而這種激昂和發揚的精神又有三個不同層次的發展，這三個層次在曹氏父子身上表現得相當清楚。曹操的詩是古詩向建安詩風轉變較早的一個層次，表現為激昂發揚而又十分古樸；曹丕的詩介於文質之間，一方面保持著古代的質樸，一方面開始有一些文采；曹植的詩整個兒是文采華麗了……詩歌本身是有生命的，這些不同的發展層次正好說明詩歌是處於不停頓的演進與生長之中。」《古詩十九首》作為個體自覺生命價值的起始文本，的確展開了三曹時代對於傷逝悲感消解的惜時思維。（當然，本文依據葉慶炳、劉大杰、呂正惠等先生所言，將古詩十九首的創作時間段於東漢末至建安初期，至於其時限的確切考證，本文不擬涉及）。從建安七子與曹氏父子的身上，我們均可以看到生命意識自覺發展的軌跡，再加上他們所處地位與生命歷程的不同，在詩文中則有著不同向度的展現，我

19）從其中我們也可以發現，作者爲了消解「傷逝」的內心糾結，也試著透過各種方式，如「爲樂當及時」等思維來沖消內心的矛盾與痛苦。

　　的確，「年命如朝露」、「人生忽如寄」的生命思維，是透過對於現實的殘破不堪，生命的稍縱即逝、飄零無根，所見、所感的心靈觀照。〔註20〕換句話說，「『歎逝』除了是一種情感上的哀傷，也可能表現爲對人生、本體的覺察，具有知性、哲理的意味。……」，〔註21〕也就是說，人們通過外境的刺激，感覺時序的無情流逝，當對照自身的生命時間，卻又感覺到生命的來去無常，尤其在喪亂之中，個體的生命並無法得到任何的保障，於是人們在思考中，開始對於抽象模糊的生死問題加以關注，對於無所不在的傷逝氛圍，也開始有了認眞的思考與意識的覺醒，恰如李澤厚先生所言：

> 對死亡的自覺選擇和面臨死亡的本體感受，就恰好反過來加深了儒學傳統中對人生短促的的情感關注。……這裡，選擇

　　們透過閱讀作品便可以觀察到他們生命價值裡的惜時觀照，本文便力圖去討論有關於此的諸多問題。可參葉嘉瑩講，安易、楊愛娣整理的〈建安詩歌講錄〉第一講（概論），收錄於《國文天地》11卷9期，頁72～79，民85.2。

〔註20〕對此，吉川幸次郎認爲是一種「推移的悲哀」，即是「人類意識到自己存在於時間之上而引起的悲哀」，也就是說，人類體認到生命時間的短暫易逝，敏感地察覺時間的推移，從中去發掘生命價值存在於轉瞬即逝的生命時間裡。其實吉川氏在此文中將所謂的「推移的悲哀」分成三種類型，一爲對不幸時間的持續而起的悲哀，二爲在時間的推移中由幸福轉到不幸的悲哀，三爲感到人生只是像終極的不幸即死亡推移的一段時間而引起的悲哀，其實第三類正是本文中索引詩文多數呈現的傷勢悲感的思維，當然筆者認爲吉川氏所言的三種類型，應該是相互涵融互構而並非是截然劃分的。請參〈推移的悲哀〉一文，吉川幸次郎著，收錄於《中外文學》第六卷第四期，頁25，民66.9。又另參《抒情傳統與政治現實》，呂正惠著，大安出版社，民78.9。

〔註21〕引自鄭毓瑜著〈推移中的瞬間——六朝士人於「歎逝」、「思舊」中的現在體驗〉，收錄於《六朝情境美學綜論》，台灣學生書局，頁62，民85.3。

> 死亡的情感實際又是堅守信念的情感，死的反思歸結於對生的把握……對死亡的哀傷關注，所表現的是對生存的無比眷戀，並使之具有某種領悟人生的哲理風味。……〔註22〕

「傷逝悲感」的濫觴正是在於嚴肅地面對自身心靈的感受，尤其是這種對於死亡的恐懼與憂慮，「壽無金石固」、「何能待來茲」的反思，實際上就是面對生命易逝的確實預期；「盛衰各有時」的哲學體認，亦是消解「傷逝悲感」並使之通往「及時行樂」的惜時思考，尊重並完成現世的生命階段與成長，讓傷逝悲感與時並存，成為現世心靈結構的一部份存在，也可以不斷地提醒自己去覺察生命過程的各個關鍵，對於生命的把握也在這種逐漸上升至哲學思維的反省中，展開了對於人生短促的深切領悟。〔註23〕當然，憂傷的本質仍然存在，而人類的延續亦代代相傳，「自成一永恆持續的生命，足與自然時間的永恆無盡相對峙與相呼應」，〔註24〕所以在線性時間無始無終的奔流中，雖然個體生命的有限短暫，但群體生命卻是在未來的時間長河裡延續不已，透過後人對前人的追憶與思舊，精神似乎可以得到相對性的永恆。

　　萬物不斷創生、流轉，衰老與死亡的循環，使得人類開始認識到生命時間的有限與短暫。「生死情結是所謂生命易逝的重要組成部分。人類自走出蒙昧以來，開始有了主客體相分離的自我意識，早期自我認識的一個重要方面就是認識到個體生命的有限性，因此生死情

〔註22〕引自李澤厚著《華夏美學》，時報文化，頁141～142，民78。

〔註23〕的確，「正視人生的種種複雜問題，尤其注重個體生命價值的思考，力求從整體上調和個人與社會的矛盾，並對個體人格作出既是本體論的解釋，也是現實性的把握和抉擇……」魏晉時代的個體意識覺醒在許多學者的論述中，都認為是源於對於生命個體開始反省其生命價值的定位起始，而這亦是因為社會動亂等諸多因素迫使人們不得不去思考生命本質的存在等各種問題，其中人物品評可說是一種現象上的思考展現。請參〈從人的覺醒到「文學的自覺」──論「文學的自覺始於魏晉」〉，收錄於《文藝理論研究》，1997.2，頁47。

〔註24〕引自張淑香著〈抒情傳統的本體意識──從理論的「演出」解讀「蘭亭集序」〉，收錄於《抒情傳統的省思與探討》，大安出版社，頁49，1992.3。

結（指對衰老、死亡不能迴避產生的恐懼和悲哀）普遍存在於人們心靈深處……」，〔註25〕我們作爲以精神主體爲本質而實踐主體爲現象的人，在眞切認識到永恆時空的自己，不過是如朝露般的奄忽時，「主體備感人生之艱，生命之促」，〔註26〕於是以傷逝作爲母題的文學作品，便透過了各種不同的主題去傳達文人以至於百姓的內蘊思維，自《古詩十九首》後所逐漸完成的詩歌「惜時」主題，在正始以前的完成與開創便是本文所要加以分析與討論的。

　　由「傷逝」母題所延伸出來的「惜時」主題，實際上就是詩人以作品去聯繫內在對於時間短促的哲思，與現象界的現實，來正視瞬時變化的生命歷程，去提供自己消釋「遷逝悲感」的底蘊，讓自身透過珍視生命的歷程，找出一個適應現狀的出處之道。而惜時主題的變化，在這個宏大的巨流當中，因爲士人面對著社會文化的變遷，所以在各個斷代中，作品所表現出來的側重點有許多的不同，筆者在本章所提出的三大惜時主題系統，正是一個經過歸納的分析方法，尤其在南朝劉宋的文人們，一如王師文進所言，普遍地存在著關於「歷史想像」的回歸「大漢圖騰」，與「現實關切」的擁抱「吳會江山」兩種矛盾的交錯與並存，這種「南朝士人由於時空特殊的錯綜境遇，普遍存在著這兩種性質相反的思維方向……發展出重要類型的詩歌，微妙弔詭地呈現出南朝士人此一特殊的心靈結構」。〔註27〕反而使得曾經出現的惜時思維，在此斷代顯得異常豐富，這種錯綜複雜的情況，也導致了詩歌惜時主題整體的顯現。〔註28〕

〔註25〕　引自《〈序志〉篇的生命意識——追求不朽的劉勰》，收錄於廣東民族學院學報（社會科學版）1997年第1期（總39期），頁7。
〔註26〕　同上註，頁38。
〔註27〕　本段引自王師王進於第三屆國際魏晉南北朝學術研討會發表之《南朝文人的「歷史想像」與「山水關懷」——論「邊塞詩」的「大漢圖騰」與「山水詩」的「欣於所遇」》一文，頁2。亦可參〈建安文學對六朝文學的影響〉，劉文忠著，收錄於《文學遺產》1985年第2期。
〔註28〕　張高評認爲「建安詩人表現之悲情意識主題，大要有六，分爲兩大

　　本文提出了一個惜時系統，來探討魏晉六朝傷逝母題詩歌文本的一個面向，這個系統的提出，是爲了要解決魏晉南北朝士人在惜時主題上所呈現的現象，及其含蘊的文化本質，並且以之聯繫過往的發展，以便於在文學史的歷時性角度上去衡量這個士人心態矛盾的重要時代。尤其南朝宋經過東晉的緩衝，士子們已經夠去面對南北分立的事實，「楚囚相對」的新亭之泣〔註29〕不復存在，取而代之的則是一如孫綽所以「播流江表，已經數世」〔註30〕的現實考量，這種矛盾的並存，一直是南朝自劉宋後的士人所必須面對的，所以以謝靈運爲代表的山水詩形成的元嘉文學主流，的確也是士人在有意識的擁抱這塊居住已久的土地下，所必然會發展出來的文學走向。又透過南朝人對於中原正統、漢家中原之思的邊塞作品，也可看出南朝人奔馳著曾經一統中原的歷史想像，去聯繫當下與過往的時空，再加上政治上「state和 society 之間的矛盾衝突表現形式在東晉後期有所改變，即 society 系統中的高門士族的力量逐漸衰落，地方豪強的力量逐漸興起」，〔註31〕南朝劉宋皇權的誕生，正是非士族的豪強掌握了北府兵的強大武

類型。就描寫之對象言，悲情意識之主題有三：歲月易逝，生命無常；戰亂相乘，悲天憫人；政治迫害，憂讒畏譏。就表現之主題言，悲情意識之表現層面有三：才高志潔，悲士不遇；遊子遷流，人生如寄；孤臣棄婦，憂怨傷別；一言以蔽之，曰憂患餘生，自嗟身世而已。描寫對象與表現主體之脈注綺交，遂蔚爲建安文學慷慨悲壯之時代風格……」，筆者雖認爲其分類標準零亂細瑣，然而其所提出的六類作品題材與表現內容，的確是三曹文士所著力之處，可與本文之分析相互對應參照。引自〈建安詩人與悲情意識——以三曹七子詩歌爲例〉，收錄於《第三屆中國詩學會議論文集——魏晉南北朝詩學》，頁 192，國立彰化師範大學國文系編集。民 85.5。

〔註29〕《世說新語·言語》：「過江諸人，每至美日，輒相邀新亭，藉卉飲宴。周侯中坐而歎曰：『風景不殊，正自有山河之異！』皆相視流淚。唯王丞相愀然變色曰：『當共戮力王室，克復神州，何至作楚囚相對！』」。引自〔南朝宋〕劉義慶編撰、張搗之譯注，《世說新語譯注》上海古籍出版社，1996.12，頁 64。

〔註30〕《晉書·孫綽傳》。北京中華書局二十四史點校本。

〔註31〕引自陳明著《中古士族現象研究》，文津出版社，民 83.3，頁 201。

力之後所建立的政權，所以新型態的政統便想採取抑制士族的方式，去增強自身控制政權的力量，而士族必然會感到自身政治地位的受到威脅，和原有的社會地位產生了某種落差，自然就會有許多時不我予的感慨與採取保存原有地位的措施。「時不我予」之思被放在歷史思維上衡量，也反映出南朝士人對於北伐的某種思考，這種種的糾結，使得南朝士人透過「傷逝」母題在「惜時」主題上的表現，是複雜且全面的。「而這種對生死存亡的重視、哀傷，對人生短促的感慨、唱嘆，從建安到晉宋，從中下層直到皇家貴族，在相當的一段時間裡何空間內瀰漫開來，成爲整個時代的典型音調……可見這個問題在當時社會心理和意識型態上具有重要的位置，是它們的世界觀人生觀的一個核心部分，這個核心便是在懷疑論哲學思潮下對人生的執著」。〔註32〕本章在四大系統的提出與討論上，希望能夠替魏晉南北朝士人面對生命的心靈做一個系統性的詮釋。

本章首先提出的四大詩歌惜時主題系統是：「乘時」系統、「應時」系統、「待時」系統與「超時」系統，以下表呈現此系統的提出：

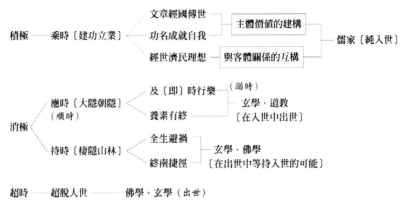

所謂的「乘時」是積極地在生命的長河中利用有限的時間，去完成「建功立業」的成就，以流芳百世，亦如魏明帝曹叡所言：「天地

〔註32〕李澤厚著，《美的歷程》，谷風出版社，頁109～110。

無窮，人命有終。立功揚名，行之在躬」，〔註33〕這是一種欲追求精
神不朽的價值意識，文士們並不只是停留耽溺在「傷逝悲感」的情感
端緒上，而是力求實現自身的生命價值，完成理想抱負，希望以「不
朽的價值來超越生存的有限時空」。〔註34〕而「應時」系統和「待時」
系統則屬於消極的面對，「應時」系統與當時呈現的文化社會背景最
爲密切，甚且是「大隱於朝」思維的多向展現，和當時的玄學系統有
互構的關係；「待時」系統，則是「小隱於野」的棲隱山林式的隱逸
思維，與「應時」系統所不同的是，「應時」是在入世中出世，「待時」
則是在出世中尋找、等待入世的可能，而「超時」則是出世的思考，
有著偏向道家式的觀照，或者佛教式的捨離。本文從下章起便對於惜
時系統的乘時結構加以論析。

〔註33〕引自〈月重輪行〉，引書同註6，頁415。
〔註34〕引自〈《序志》篇的生命意識——追求不朽的劉勰〉，收錄於廣東民
　　　　族學院學報（社會科學版）1997年第1期（總39期），頁8。

第三章　乘時系統的思想基礎

　　本章的前言曾提出大陸學者陳明的所運用的分析方法，來切入「傷逝」母題在魏晉的發端，其中一個面向便是透過惜時主題的詩歌作品，展現文人以至於民眾對於自身在時間巨流中無所依憑、飄零無限的悲哀與無奈；或者去探尋其在無奈的端緒裡所有依憑的可能。其實代表政統的皇權在漢末的戰亂中瓦解，使得當時的社會組成核心與結構領導中心，「由 state 轉移到了 society 一維的反映，它意味著秦漢以來創建的制度，及其統治模式已經無法維持下去」，〔註 1〕也就是說過去皇權定於一尊的情況出現了危機，原來在漢代全盛時的統一價值標準，也因為社會動盪不安、人民難得溫飽下，失去了控制與約束的力量。因此，當中央政體（state）提供的群體規範標準逐漸弱化後，個體就有可能從心靈內在得到釋放，畢竟人類的心靈是變動不居的，當外在給予的制約逐漸薄弱，社會論定衡量的是非標準已不再成為單一霸權（hegemony）〔註 2〕時，人們內在思考的能量將會迸發，又加上政統的干預力降低，原來控制社會機制（society）系統的儒家道統，也因戰亂等因素，而發生了質變，〔註 3〕人們在面對隨時可能到來的死亡與

〔註 1〕　引自陳明著《中古士族現象研究》，文津出版社，民 83.3，頁 130。

〔註 2〕　文化霸權是指一個支配群體運作其控制的權力，這種控制不是透過可見的法規或力量的部署，而是經由公民情願的默認接受從屬地位，他們確認了基本上是不平等的文化、社會和政治實踐與制度。此處採取《人文地理學詞典選譯》裡「文化霸權」一詞詞條的定義。

〔註 3〕　曹操〈修學令〉：「喪亂以來，十有五年，後生者不見仁義禮讓之風，吾甚傷之。其令郡國各修文學……庶幾先王知道不廢，而有益於天

磨難，就會開始有許多不同的思考，不同的思考就形成了不同的標準，這些思維表現在反映傷逝母題的惜時主題當中，或許從積極的乘時系統就不難發現「重實用」的思維是其基礎。本章便從五個角度切入分析乘時系統的思維基礎，以提出關於曹氏父子論述前的思想背景。

第一節　品評人物的價值思維

所謂的乘時系統，正如本章前言所言，這是一個積極面對複雜紛擾的模式，因此所謂的「乘時」，除卻「用時」的涵義外，更進一步地希冀「變時」，此所以能積極答乘主客體相互融攝的理想架構，是儒家經世致用思維在魏晉六朝時期的一個變型，這個變型透過重實用的集體文化意識涉入文人的思維當中，又與當時流行的人物品評，有相當的聯繫，人們於是奮進地去感受生命的可貴，卻又相對的因戰亂相尋，而感到生命極其短促的悲哀。所以一方面在文本中呈現悲涼的情思，一方面以積極的態度消釋、淡化自身未免愁懷的意緒，這種採取主動的內在基礎，正反映人們對於自身的重新認識，這個認識在魏晉六朝的早期，人物品評的思維集體內化是一個重要的開端。〔註 4〕

下。」引自《三曹集》，岳麓書社，頁 10，1992.10。

〔註 4〕「這個時代的人發現和確定了主體、個體，人對於自身的體認出現了自覺的意識。這才有人對於自身的審美，即所謂人物品藻。而對於人的價值的估價和肯定，不是人的學問與德性，而是人的個性、智慧、情感、情調、風度等。……」個體意識的自覺，使得人們的內在反省由過去的社會群體返回到了自身，於是人開始用審美的眼光看待自身，發覺自身的情感等多向領域，對於生命有了獨特並具體的價值自覺與審美觀照。當然，亦如翁家禧所言「在魏晉南北朝，最集中、最深刻地體現人們的覺醒，並對文學的自覺以及專門性文論批評著作的產生起決定作用的，則是士人們對人的生存價值的哲學沉思，以及新的玄學世界觀和人生觀的提出……」。請參〈論六朝美學之總體特徵和歷史地位〉一文，吳功正著，收錄於《中國文化研究》季刊 1997 年秋之卷（總第 17 期），北京語言文化大學出版社，頁 66～71，1997.8.28；〈中國古文論史上的日出——魏晉南北朝文論的精神力量探源〉，翁家禧著，收錄於《中國古代、近代文學研究月刊》，頁 296～297，1994 年第 3 期，中國人民大學書報資料中心，1994.4.20。

　　回到筆者上述所言，皇權的衰落代表政統的相對不穩定，反過來說，也表示政統權力的轉移，當中央政體（state）權力的控制權不再交由漢代一統的皇權時，其內在的系統必然發生質變，相對地社會機制（society）系統的不穩定是來自於戰亂頻仍、中央政體（state）架構極度鬆動的社會衰敗，新中央政體（state）系統〔註5〕的非皇權控制者便會力圖地以不同於前代的方式，展開穩定社會機制（society）的步驟，這種步驟必須在特定的時空下，運用相對的思考加以配合。我們換了這個角度再次觀察曹操的求賢三令，所得或有不同。筆者先徵引此三令，以便於作後文的分析。

《求賢令》：

　　自古受命及中興之君，曷嘗不得賢人君子與之共治天下者乎！及其得賢也，曾不出閭巷，豈幸相遇哉？上之人不求之耳。今天下尚未定，此特求賢之急時也。「孟公綽為趙、魏老則優，不可以為滕、薛大夫。」若必廉士而後可用，則齊桓其何以霸世！今天下得無有被褐懷玉而釣於渭濱者乎？又得無有盜嫂受金而未遇無知者乎？二三子其佐我明揚仄陋，唯才是舉，吾得而用之。〔註6〕

《敕有司取士無廢偏短令》：

　　令夫有行之士，未必能進取，進取之士，未必能有行也。陳平豈篤行，蘇秦豈守信邪？而陳平定漢業，蘇秦濟弱燕。由此言之，士有偏短，庸可廢乎！有司明思此義，則士無遺滯，官無廢業矣。〔註7〕

《舉賢勿拘品行令》：

　　甘伊摯、傅說出於賤人，管仲，桓公賊也，皆用之以興。

〔註5〕　此即董卓入京「挾天子」濫觴了以天子號令諸侯的思考，曹操則利用了這名義上的皇權，去樹立自身內部的統治模式，即是政權的運作以皇權為形式，皇權僅為共同認定的名義，當然也因為此名義，所有割據的藩鎮仍然受到此的制約，這種新政統的出現的確為漢過渡至魏的統治方式，是一種皇權政體的質變。

〔註6〕　引自《曹操集》，時代文藝出版社，1995.3，頁31。

〔註7〕　引書同上，頁37。

蕭何、曹參，縣吏也，韓信、陳平負污辱之名，有見笑之
恥，卒能成就王業，聲著千載。吳起貪將，殺妻自信，散
金求官，母死不歸，然在魏，秦人不敢東向，在楚則三晉
不敢南謀。今天下得無有至德之人放在民間，及果勇不顧，
臨敵力戰；若文俗之吏，高才異質，或堪爲將守，負污辱
之名，見笑之行，或不仁不孝而有治國用兵之術，其各舉
所知，勿有所遺。〔註8〕

《三國志・何夔傳》中曾提及當時的用人情形爲「自軍興以來，
制度草創，用人未詳其本。是以各引其類，時忘道德……以爲自今所
用，必先核之鄉閭，依長幼順敘，無相踰越。顯忠實之賞，明公實之
報，則賢不肖之分，居然別矣……」，〔註9〕這段話值得注意的是，「軍
興以來」正是說明當時社會因戰亂而呈現凋弊的狀態，所以政統因崩
解而產生新的統治方式，這種新的統治方式又必須配合社會機制
（society）與中央政體（state）的質變與互構，在這種情況之下，人
才的取得便不能以一統式皇權的思維來達成，「用人未詳其本」說明
著當時用人並無固定的標準，因時代與政權的實際需要而定。何夔所
提出的解決方案，則類於漢代選才的方式，在地方性的基礎上去作人
物的品核，然當時所謂的鄉閭（state），並未穩定而呈現流離的狀態。
所以曹操在「進取」與「有行」的兩難境地當中，仍先站在實用的立
場，在政務推展上，寧選無行的進取之輩，這「唯才」的意義內核，
已不再是漢代儒學所要求的道德準則，爲了析政統的建築能夠鞏固，
「一切的道德準則，在他那裡都要視其時其地於他是否有益來論定是
非」，〔註10〕這樣的一個社會文化思維，在這時的影響是屬於普遍性

〔註8〕 引書同上，頁40。

〔註9〕 《三國志・魏志・董卓傳》：「初平元年二月，乃徙天子都長安，焚
燒洛陽宮室，悉發掘陵墓，取寶物。」董卓在往長安前，將洛陽焚
燬，並大掘陵墓，將洛陽城變成了一個廢墟。引自〔晉〕陳壽著，
陳乃乾校點，《三國志》，北京中華書局二十四史點校本，1959.12 一
版，1982.7 二版，1985.8 二版 8 刷，頁 381。

〔註10〕 引自羅宗強著《玄學與魏晉士人心態》，文史哲出版社，民 81.11，

的，畢竟要透過「士無遺滯」達到「官無廢業」，去穩定社會機制（society），以避免於不安定的因子存在於社會基礎結構中隨時可能的爆發，那麼就必須以「各舉所知，勿有所遺」的政令要求選官的部曹，以及吸引社會機制（society）裡已然形成的控制力量，替新的中央政體（state）系統服務，在這種情況之下，「各引其類，時忘道德」就成為用人的標準之一，儒學所建立起來的價值標準，在這個時代的開端就發生了質變。

其實，由上所述，關於品評人物的目的正是在於新政統的權力掌控者，為了穩定社會基層組織，選拔出適合的人才進入政統權力結構中擔任適宜的職務，同時也提供文人可能的精神出路，去消解他們可能因生命狀態隨時停止而產生的「傷逝之悲」，這個思維的基礎就是文人「乘時」的內在思考所建基之處。所以，人物品評從漢末以來的發展，的確是反映了文士在當時的文化意識。〔註11〕

當然，正因為由傷逝悲感所延伸的時間意識已經內化成為普遍性的生命思維，所以曹操對此在深切的認知後，便以雙向的思維來徵引人才、導入政統，在導引的方式上它採用「用人唯才」以及「褒揚德行之士」〔註12〕的方式來達到推行政務與穩定社會的操作結果，畢竟一個社會的文化要呈現穩定與進步，不能總是停留在集體內化的悲情

頁35。

〔註11〕　當然，筆者並不反對謝大寧以歷史的角度論及才性論為意識型態的表達工具，含藏某些社經因素，甚且其援引陳寅恪所言「故魏晉之興亡遞嬗乃東漢晚年兩統治階級之競爭勝敗問題」，不過筆者因為本文論述的問題意識之故，筆者著重於人物品評作為乘時系統的思想基礎，代表者個體意識自覺濫觴的某種標誌，是當時的文化思維由群體性轉向於注重個體的重要基礎。請參〈才性四本論新詮〉，謝大寧著，收錄於《第二屆魏晉南北朝文學與思想學術研討會論文集》，國立成功大學中國文學系主編，文津出版社，頁823～844，民82.11。

〔註12〕　〈下州郡美杜畿令〉：「昔仲尼之於顏子，每言不能不嘆，既情愛發中，又宜率馬以驥。今吾亦冀眾人仰高山，慕景行也。」由此令可見曹操對於原始儒學的思維不僅內化亦外化成為其用人的另一標準。引書同註6，頁52。

裡，透過惜時的時間思維去積極消解傷逝悲感的沉澱，的確是正始以前北地士人所要面對的一個重要命題。

劉邵《人物志·九徵》：

> 蓋人物之本，出乎情性，情性之理，甚微而玄，非聖人之察，孰能究之哉。凡有血氣者，莫不含元一以爲質，稟陰陽以立性，體五行而著形，苟有形質，猶可即而求之。〔註13〕

在《人物志》此段引文裡，透過二個向度去建構人物品評的批評基礎，一方面認爲人的外在儀容氣度與舉止動措，都可以反映他的內在情性；一方面透過對於內在情性的分析，去觀察此人的外在特質，所以劉邵言「徵神見貌，則情發於目」，〔註14〕從人類某些外在特質的展現，便可以「徵神」，透過「徵神」去覺察人類的性格與能力之後，也可以發現人的確也展露出合於內質的外在表象，所以「物生有形，形有神精。能知精神，則窮理盡性」，〔註15〕只有能夠對每一個別人物差異性質去掌握，無論是透過外在形質，或是內在精神，我們就可以去鑑別人物的才性，在鑑別之後，我們就可以透過的自我的把握與了解，去發展這種才性的所有可能。當劉邵把討論人性的重點，由較爲普遍概述的整體性討論，轉移到了個體差異性的討論。當劉邵提出了相異於前行代的分析時，就代表人類的個體性便已有了某種覺醒，當個體意識覺醒後，人們便會透過對客體的觀照返回到內在主體的思維上，對於人世間的複雜紛擾，即將展開自我的對應。

當才性的討論從儒學道德的範疇中質變而不再受到約制時，士人在生活方式和思維方式上便有了向內求索個體意義的可能，也正因爲如此，士人在面對短暫而不可預測的生命時間，「傷逝」悲感便會透過他們「整全的個體生命人格」〔註16〕表現出來。以下我們透過〈四

〔註13〕 引自〔魏〕劉邵撰、〔涼〕劉昞注《人物志》，上海古籍出版社，1990.10，頁4。
〔註14〕 引書同上註，頁5。
〔註15〕 引書同上註，頁6。
〔註16〕 牟宗三著，《才性與玄理》，台灣學生書局，頁45。

本論〉去連結前述片段的討論，來觀察「乘時」系統的思想基礎。

劉孝標注《世說・文學》引《魏書》：

> 鍾會論才性同異傳於世。四本者，言才性同，才性異，才
> 性合，才性離也。尚書傅嘏論同，中書令李豐論異，侍郎
> 鍾會論合，頓騎校尉王廣論離。文多不載。〔註17〕

筆者覺得相當有趣的則是「文多不載」，意即是沒有多少資料流傳到
南朝宋的這一事實，可見在南朝劉宋之前的東晉士人，在面臨思想整
體基礎〔文化意識〕時，已不甚注意關於人物品評的問題，而有了另
外的轉向，本文在完成後，未來所將要論述的另一系統，亦是此轉向
的互證與確證。

其實，討論才性的離、合、同、異正足以說明關於才性問題的不
同面向與思考，尤其當曹操「求賢三令」陸續頒布之後，「用人唯才」
的思維在當時變形成了不同的討論，並產生了支持的群體，我們從上
述的小引並無法觀察此中的端倪，故筆者援引史書來說明並詮釋才性
的論爭，以過渡至本章「乘時」系統的討論。

《三國志・魏書・傅嘏傳》：

> 昔先王之擇才，必本行於州閭，講道於庠序，行具而謂之賢，
> 修道則謂之能。鄉老獻賢能於王，王拜受之，舉其賢者，出
> 使長之，科其能者，入使治之，此先王收才之義也。〔註18〕

從此言，我們可以推測傅嘏所謂的「才性同」，都是具有儒家道德的
規範。「行」指的是外在表現，意即是品行操守的意涵；「道」則是道
德修養的內在基礎，這兩者又分別指涉著「才」和「性」，而「才」
的歸根返本又根植於「性」。即：

$$才 \rightarrow 行 \rightarrow 品行操守〔外在表現〕$$
$$性 \rightarrow 道 \rightarrow 道德修養〔內在基礎〕$$

〔註17〕引自〔南朝宋〕劉義慶編撰，張撝之譯注，《世說新語譯注》上海古
　　　　籍出版社，1996.12，頁151。
〔註18〕引書同註9，頁623。

　　實際上，傅嘏所謂「同」，其基礎就在於儒家所言之道德標準，在此標準之下，「才」代表者實踐的能力，即是外在事相，亦即是「才性」被「性」所一統，「才」以「性」爲根本，「性」即「才」之底蘊，「才」即「性」之勃發，是以「才性同」。

　　《三國志‧魏書‧盧毓傳》載：

> 毓於人及選舉，先舉性行，而後言才。黃門李豐嘗以問毓，毓曰：「才所以爲善也，故大才成大善，小才成小善。今稱之有才而不能爲善，是才不中器也。」豐等服其言。〔註19〕

從上文裡不難看出盧毓亦同於傅嘏爲「才性同」的思維模式，同樣地在此模式之下，盧毓認爲舉才選賢必以「性行」爲主，因「大才」的本質內核必然是以「大德」作基礎，才可以行「大善」之事。當然從本段引文當中，只可以看出李豐與盧毓的立場相異，故與之辯難，至於李豐「才性異」的主張，實際上似乎已難以確知，而王廣「才性離」的主張，更連間接可引述的資料都完全缺乏，因爲如此，所以筆者在前述所引曹操「求賢三令」，正可作爲「才性離／異」的一個旁證與確證，畢竟透過曹操的用人模式，可見當時主流政統的思考在某個程度上，主張道德標準和個人才能基本上並不相同，甚至兩者之間盡可以互不相涉，不必有任何的關聯。當然，這裡的「性」仍然指涉個人內在的道德修養，而「才」已不再被認爲是根本於道德修養的關於品格操守的道德實踐，而是指道德實踐之外的其他特殊才能，或是可以與其他才能放在同一價值天秤上並置陳列，這也就是劉邵《人物志》裡所指的十二類「偏材」。〔註20〕這提供了在普遍士人存在於「傷逝悲感」下，去「乘時」而仕的可能性哲學基礎與開端。這時的「才」

〔註19〕引書同註9，頁652。

〔註20〕《人物志‧流業》：「蓋人流之業，十有二焉。有清節家，有法家，有術家，有國體，有器能，有臧否，有伎倆，有智意，有文章，有儒學，有口辨，有雄傑……」此十二種分類，便是劉邵所稱之十二種偏材。當然劉邵對於它們都有詳盡的詮釋，各才之士，各當其位，均爲人臣之任，這在某個程度上提供了文士欲建功立業的價值歸趨。引書同註13，頁9～10。

已經從道德基礎下獲得結構性的解放。

才 → 進取 → 除道德實踐外的特殊才能

性 → 有行 → 道德修養

袁準《才性論》：

> 凡萬物生於天地之間，有美有惡。物何故美？清氣之所生
> 也。何故惡？濁氣之所施也。夫金石絲竹，中天地之氣，
> 黼黻玄黃，應五方之色。得曲直者，木之性也。曲者中鉤，
> 直者中繩，輪桷之材也。賢不肖者，人之性也。賢者為師，
> 不肖者為資，師資之材也。然則性言其實，才名其用，明
> 矣。〔註21〕

鍾會「才性合」的主張，亦缺乏文字資料的流傳，故筆者徵引袁準
之文來推測「才性合」的可能內容。袁準在文中以清濁二氣的施為，
來說明萬物之所以為惡的緣由，這其實與《人物志》的思考有相若
之處。在此段引文裡，值得注意的是袁準以曲直喻才之性，並去類
比賢與不肖為人之性，而袁準並非要否定不肖之人關於外在表現的
所有可能，賢與不肖雖根性不同，也因此有了相對應於此不同的相
異展現，這就是「才性合」的思考。然而重要的是才與性到底被賦
予什麼內涵呢？從袁準以清濁之氣言物之生，我們不難推測此「性」
被賦予了「氣性」的內涵，可能意指人「氣性智識能力的內蘊天賦
本能」，而「才」相對於此「稟性天賦」，仍然指涉此稟賦的「外在
具體表現」，這兩者之間仍存在著體用一如，用即體，體即用的環狀
思維過程。不過，袁準已經擺落儒家道德價值規範作為本體的想法，
完全以稟賦才能作為才性關係的價值取向，才性的思考至此已然成
為一個士人自我定位的主要趨向，當道德從其中被釋放出來，不再
成為介入的角色時，人類個體意識才能夠完全的發展，當士人在面
對內蘊的「傷逝悲感」時，才能透過「惜時」去積極地面對時間的

〔註21〕引自《藝文類聚》卷二十一。

不斷流逝，與生命的隨時消亡，「乘時」的思考在士人的想法裡就成爲了一個重要的生命價值取向。

才 → 師資之材 → 具體展現 → 用 ┐
性 → 賢與不肖 → 天性稟賦 → 質 ◄┘

第二節　自然與社會的多元時間觀

在人類的生命旅程中，對於時間的認識是非常微妙的，在時間縱軸上的曾經，是屬於記憶與歷史的，記憶複寫經驗，歷史則記述經驗；且以縱軸上的原點標識存在，這個當下的時間，它是屬於主體與客體的，個人與文化的（社會），主體時間是自我對客體時間的認識對位，因時地物的不同而有更迭，往往透顯我們對於世界吉光片羽的俯取，但客體時間則是屬於永恆正在流逝卻不斷運轉的自然時間，這個時間對應著我們所體會的主體時間，往往會讓我們陷入一種認識的矛盾與糾葛，這種心靈的掙扎，的確讓我們一方面透過傷逝去思考自然時間的奔流不返，當下面對生命時間，也一方面讓我們去思考惜時的面對方式，去消解個體面對內在心靈認識的，關於主體時間與客體時間的衝突；當然，在縱軸上屬於未來的時間，是屬於想像期待與思維辯證的，透過想像與期待我們可以去安頓主體心靈，透過思維辯證我們可以認識客體時間的永恆，這是屬於哲學層次的思維，但又必須建基在主體思考上，或許我們以下表作一個對應系統：

過　去	現　在		未　來		哲　學
記憶的 →	主體（個人的）	→	想像期待	→	社會時間
歷史的 →	客體（文化的）	→	思維辯證	→	自然時間

漢賈誼在《鵩鳥賦》裡就提出了他對時間的看法，偏重在客體時間永恆延續的流轉上，並與之對比萬物的生滅變化，「萬物變化兮，固無休息。斡流而遷兮，或推而還。形氣轉續兮，變化而蟺。……千

變萬化兮，未始有極」，〔註22〕賈誼對時間的認識的確已經深切的領悟到，自然界的變化無窮，但卻是相續流轉的永恆，這種永恆時間實際上可以對應於老子所言的「獨立而不改」、「周行而不殆」，〔註23〕萬物的變化雖然無窮，這樣的變化如果由客體時間的角度來觀察，時間運行的軌跡是連續性的，每一個節點上都有許多的人世變遷與物換星移，然而這個自然時間仍然是規律且無法取代的，縱使人事如何變遷，相對於它而言，它仍然周行且遍行作用於萬物，萬物有限生命的渺小也由此突顯。其實賈誼的思考仍然停留在關於客體時間與其所對應的變化上，畢竟在西漢一統的王朝初期，士人們對於生命的認識似乎仍然著重於透過對於自然宇宙運行的觀察，去反省萬物在天地間的變化以及定位，再由此作為出發點去對應人事的無常，這是個體生命意識尚未開展時所呈現的原始思維。

到了漢末，外戚和宦官交相專權掌政，外戚無視於幼主，大小朝事一任擺佈，而當皇帝年長時就和左右服侍的宦官結納，以力圖除去外戚，於是又造成宦官的勢力龐大，甚至總領朝政事務，這種政權的情況在漢末成為一種輪迴，而在此兩類勢力的鬥爭中，士人便扮演了第三類型的角色，去發聲制衡他們的跋扈；並力圖使朝政能夠在兩類勢力的拔河中保持穩定。自東漢光武提倡並鼓勵氣節後，「儒學知識分子的力量得到很大發揮，甚至成為一股與宦官、外戚鼎足而三的重要政治勢力」，〔註24〕當然也正因如此，這類型的士人往往被視為異

〔註22〕引自《兩漢文學史參考資料》，頁1，北京大學中國文學史教研室選注，里仁書局，民81.7.16。

〔註23〕引自《老子注譯與評介》，陳鼓應著，香港中華書局，1987.7初版，1990.12重印，頁163。其注〔三〕：獨立而不改：形容道的絕對性與永存性；注〔四〕：周行而不殆：周行有兩種解釋，一、全面運行……二、循環運行。

〔註24〕《後漢書·黨錮列傳》：「逮桓、靈之間，主荒政謬，國命委於閹寺，士子羞於為伍，故匹夫抗憤，處士橫議。遂乃激揚名聲，互相題拂，品覈公卿，裁量執政，婞直之風，於斯行矣。」引書版本為〔宋〕范曄撰、〔唐〕李賢等注，二十四史點校本《後漢書》，北京中華書

議分子，遭到宦官或是外戚的排擠。經過黨錮之禍後，士人的氣節已然受到極大的消耗與折磨，靈帝在西園公開賣官，更使得朝廷的政治狀態瀕臨解構，相對於中央的社會民間，也因爲頻繁的災荒與農民大量的流亡，使得社會機制（society）也瀕臨解體，人民無所去從，爲求得溫飽與生存，似乎難免透過破壞社會原有的政經體制。於是中央政體（state）與社會機制（society）兩者之間的矛盾越來越大，中央政體（state）對於社會機制（society）的控制能力亦日趨薄弱，兩者均面臨解體或是質變，士人與民眾也面臨內在生命的轉戾點。

正因爲如此，中央政體（state）的結構對於士人而言到了不得不改變的地步，袁紹的殺盡宦官，初步的解決了這個政體內的重要問題，接下來面臨的就是漢這個中央政體在這情況下該何去何從，或是其將會發生如何的質變，這個問題在董卓入京「挾天子」之後，也獲得了一個初步的解決，實際上也傳達了漢政權即將瓦解的訊息，從董卓到曹操所援用的模式，這種過渡型新政體的產生，在歷史進程上的確是值得討論的。然而董卓入京之後帶來的雖是中央政體（state）的質變，但對於社會機制（society）而言，中原百姓的生活反而更加的倉皇，《三國志·魏書·董卓傳》：

> （卓）嘗遣軍到陽城，時適二月社，民各在其社下，悉就斷其男子頭，駕其車牛，載其婦女財物，以所斷頭繫車轅軸，連軫而還洛，云攻賊大獲稱萬歲。入開陽城門，焚燒其頭，以婦女與甲兵爲婢妾，至於姦亂宮人公主。其凶逆如此。〔註25〕

局，1965.5 一版，1987.10 四刷，頁 2185。由此引文可知當時清議的影響程度，的確是可以導致執政者在施政時一個重要的轉向與參考，也使得非士人群體的集團，必須要去思考「選擇」的問題，又如宦官等族群也必然對於這些知識分子感到反感，余英時所言的三種對立，的確在此時形成了極巧妙的制衡，但黨錮後，這個制衡受到破壞，反而使得政統危危欲墜，而東漢末 state 質變的眞正端點，可能就肇因於此。

〔註25〕引書同註9，頁 174。

　　漢末的動盪流離，既非因為董卓的入京而有了改善，反使中原更
加殘破，百姓與士人的性命更岌岌可危，北地原本殘餘的社會與政治
基礎，至此已破壞殆盡，我們透過閱讀曹操的《薤露行》繼續討論本
節所提出的問題：

　　惟漢二十世，所任誠不良。沐猴而冠帶，知小而謀彊。猶
　　豫不敢斷，因狩執君王。白虹為貫日，己亦先受殃。賊臣
　　執國柄，殺主滅宇京。蕩覆帝基業，宗廟已燔喪。播越西
　　遷移，號泣而且行。瞻彼洛城郭，微子為哀傷。〔註26〕

曹操亦可被稱之為「詩史」，從曹操詩作中可以感受到他對於生命易逝
的思考，以及對於民間疾苦的內心沉痛，在此詩中不難發覺當時因董
卓擅權所導致的生民塗炭，曹操的憤激當也建構在此，其實如此的哀
傷的確是因為社會時間有情的變化，被對比於自然時間無情的流轉，
在其中每個瞬時的當下，都形成了事件的節點，當人類面對此節點時，
內心就必然受到各種突如其來的衝擊與思維，社會人事的變化本來就
是短暫隨機且難以預料的，大範疇的社會時間與小範疇的生命時間同
樣都是有起始點的，而每個存在於此線軸中的當下，正是主體心靈所
必須去面對的各種情境，惜時的完成就是四種時間思維的對應與解決：

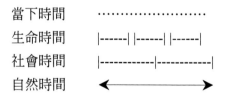

　　從歷史性的角度觀察，筆者認為各個斷代接續的就是所謂的社會
時間，亦即是歷史的構成是由於斷代的延續而組構完成的。從歷時性
的角度言之，強調遞進的時間座標，亦即是談論事件的連續性如何去
組構出一個文化思維與時代意識？而事件的發生又和整體的文化、社
會思潮有何重大的聯繫？亦或是受到此思潮的影響？實際上所謂的

〔註26〕引自《先秦漢魏南北朝詩》，逯欽立輯校，木鐸出版社，頁347。

歷史時間，便是透過各種生命時間所構成，無論是人、事、時、地均可能相對於歷史時間有一個較爲短暫的時間界域。這些討論在歷時性的角度上是互動而相涉的，縱使是斷代的定位，每一個被定位的斷代，實際上也是一首連續性的史詩，在史詩裡以一中心主旨去貫串說明歷史片斷如何銜接的疑問，進而構築出所謂的「時代思潮」、「文化思潮」、「生命思潮」，其中所有的事件、人物，似乎都應被史家處理成此共相思潮下的一個環節，殊相則成爲典律（canon）之外的歧出。

當然，從共時性的角度討論詩史時，需注意的是在一空間內所有並峙事物的殊異與同一性，尤其針對殊異點，共時性研究的詩史學者，著眼於交錯的空間座標，所以力圖去建立各系統思維之間的關係與結構，在長時期的編年過程裡去定位形成斷代的可能，在已被定位的斷代中，去重視各集團群體的互動場域、界限、層次、觀念的區隔和辯證是如何組構出一個斷代的整體風格，這是共時性史家著力之處。如果說歷時性的討論忽視了整體文化思潮是由各種差異的辯證而組成此一事實的話，那共時性的思考則避開了整體文化思潮內在於各差異群體的深層影響此一問題。筆者認爲，完整的一個立體模型，似乎才能模塑出一種可能完整並客觀「生命詩史／史詩」詮釋系統。

作家生命意識的討論本身既應存在無數作品寫作與發生事件所疊架的結構裡，也有關於詩史家詮釋系統的方法運用，本文在前述立論上討論三曹時代北地士人的生命觀，從共時性的角度觀察，其實詩人作爲詩歌文本的抒寫者，除了因自身審美意識、創作原則、寫作形式……等因素去完成一首作品之外，也的確會受到同時期集體文化意識的影響，詩人不僅介入文化生命，同時也被集體構成的文化思維所建構，有意識地揭示他們的寫作態度、同時也肩負著自身對於開創新文化生命視野的某種期待，或是力圖去抵禦與抗拒主流的文化霸權，這種思想型塑「文化新典範」的意識。

從歷時性的角度觀察，我們不難發現在詩史的長流裡，不同的群體透過不同的鏈結，形成不同的運動與運作，力圖去形成或改變時代

意識，見證時代思維，推動時代潮流。實際上，生命時間的持續程度
不一，在當時或許某種集體生命意識成爲文化的主流，但未必在未來
的歷史定位中呈現出相同的判準與評價，又這種推動除了某些少數特
殊的詩人以個體身分創造之外，其實往往需要「同儕」的互構，此互
構也就是各種生命時間在歷史時間當中的互構與辨證，而本節當下時
間的提出，則是因爲透過每個生命時間的節點所組構出的生命意識，
此節點可能是作家個人所面臨的生命事件，也正是作家當下要透過此
去立即解決與思考生命時間問題的癥結；也透過此當下的面對去解決
生命時間與歷史時間的衝突；〔註27〕之後更必須去解決生命時間與自
然時間永恆運轉的矛盾及產生的掙扎；〔註28〕在哲學層次上，詩人們
又必須去處理社會時間與自然時間所產生的衝突，〔註29〕這種透過自
然與社會時間的二元對立，導致的則是延伸出來的多元衝突，其消解
衝突的思維可能就存在於當下瞬時的時間思考。

　　換句話說，本文的命題正是在於三曹時期的詩人面對當下時間所
引發的「傷逝悲感」，正就是他們思考上述所言的多元對立模式，而
爲了消解這種複雜的時空情感糾結與矛盾，他們既不易提出有效解決
方案，甚且對此多元的生命價值之糾葛，在應鼇清之處亦常顯得模

〔註27〕　曹丕《丹霞蔽日行》：「月盈則沖，華不再繁，古來有之，嗟我何言」，
　　　　這裡曹丕的浩嘆是透過自然時間無論在何世都不斷地循環流轉，縱
　　　　使是作爲歷史斷線上的過去——古，仍然呈現著這種狀態，曹丕透
　　　　過當下時間的直覺認識，感覺到自身短暫的生命在面對此對照時的
　　　　不堪一擊，這是一種生命與歷史時間的對照，是主體「傷逝悲感」
　　　　的開端。此詩引書同註26。p. 391。
〔註28〕　例如：曹操《秋胡行二首之二》：「四時更逝去，晝夜已成歲。」此
　　　　詩引書同註26，頁350；曹丕《連珠》：「四節異氣以成歲。」這裡
　　　　的「歲」指的就是筆者所言主體所面對思維的生命時間，蘊涵的是
　　　　「年歲」的意義。
〔註29〕　曹植《朔風》：「四氣代謝，懸景運周」此詩引書同註26，頁447。
　　　　曹植此所言之「四氣」的新陳代謝，指涉的是自然時間的往返流逝；
　　　　所不同的是「懸景」除了是說表層的外在環境外，筆者認爲實指涉
　　　　到國祚的綿延，這是社會時間與自然時間的對照呈現。

糊，當處於心靈無法自處的尷尬、波動的境況時，於是產生了「惜時」的思維，希望能夠紓解這種因生命價值衝突而帶來的困境。所以惜時思維的發生正是在於當下事件節點所給予士人內心帶來的衝擊，予以深入的反芻，去探尋生命價值可能的「依憑」與停泊點，對於這個衝擊的消解便是要透過對於下時間在認知之後延伸的反省，去弭平另外三種時間思維的對立，這也迫使他們去體認及思考自身生命價值的根源的現世存在與未來的可能走向。

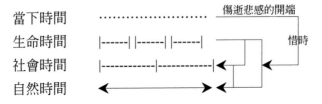

第三節　回歸原始儒學的新生命

　　經過漢代，儒學已經完成了一個體系龐雜的思想系統，在結構上，筆者認爲共有三個層次，呈現同心圓的狀態。同心圓的內核，實際上正是原始儒學的精神本質，這是一個對理想人格狀態與生命道德完成的價值追求，是本體的部份；中環圈則是所謂的禮法制度，意即是倫常綱紀等外在教育、控制現象界人類行爲的非法治定型化的教化方式，這是希望透過道德教育來內化儒學精神，以期人類的行爲可以切合並表現儒學的意義內核；其外圈第三層則是指法治控制中央政體（state）至社會機制（society）系統的南面統治之術，這是樹立政治價值權威所必須採取的一種方式。〔註30〕雖然儒學有這三種層次的內

〔註30〕　在漢代時，此法治實雜採了讖緯神學的思考，《後漢書·方術傳》：「漢自武帝頗好方術，天下懷協道藝之士，莫不負策抵掌，順風而屆焉。後王莽矯用符命，及光武尤信讖言，士之赴趣時宜者，皆馳騁穿鑿，爭談之也。……自是習爲內學，尚奇文，貴異數，不乏於時矣。」引書同註24，頁1911。由兩段簡略的引文，實不難看出，讖緯之學已成爲上位者利用／反利用的工具，對於東漢政治、學術、社會風氣有決定性的影響，原始儒學的神化便奠基於此。實際上由《漢書·

涵，但士人在面對自我生命與外在環境的糾葛時，對這三個價值內涵必然會有所融通與取捨，以面對並消解內心複雜的不穩定狀態。

　　然而，對於曹操而言，這三個環圈在其生命本質內起了複雜的作用，就第三環圈而言，曹操認爲「撥亂之政，以刑爲先」、「夫刑，百姓之命也」，〔註31〕在現實的考量之下，爲了穩定中央政體（state）以至於 society 機制，他必須採取有效的統治方法，所以法家的思維在曹操的治理之方中，佔著一個相當的比重。而此思維的淵源，正是韓非所言「不辟親貴，法行所愛」、〔註32〕「法不阿貴，繩不撓曲，法之所加，智者弗能辭，勇者弗敢爭，刑過不避大臣，賞善不遺匹夫。故矯上之失，詰下之邪，治亂決謬，絀羨齊非……」，〔註33〕亦即是凡在於法前，無論王公貴族人人平等，〔註34〕法變成了人們生活過程裡所遵循的標準規範，透過這個規範，國家以至於社會可以按照曹操

元帝紀》的記載：「（元帝）八歲立爲太子，壯大，柔仁好儒。見宣帝所用多文法吏，以形名繩下，……嘗侍燕從容言：『陛下持刑太深，宜用儒生。』宣帝作色曰：『漢家自有制度，本以霸王道雜之，奈何純任德教，用周政乎！且俗儒不達時宜，好是古非今，使人眩于名實，不知所守，何足委任！』乃嘆曰：『亂我家者，太子也！』。」引書版本爲〔漢〕班固撰，〔唐〕顏師古注，二十四史點校本《漢書》，北京中華書局，1962.6 一版，1983.6 四刷，頁 277。此段引文有許多可供注意之處：第一、宣帝所謂之家法，實非原始儒學德教周政的思維，而是霸王道雜之的統治思考，在其中被神學化的儒學成爲統治工具的其中一種方式；第二、宣帝所謂的俗儒，似乎正是指涉某部份以先秦儒學思考的士人群體，這些以道德價值自勵、不避權貴而發抒己見的士人，在其眼中似乎成爲眩于名實的異議分子；第三、照此思維統治，則將造成漢代行政系統中的儒生，多爲曲阿逢世的利祿之士，並與尚形名法術的吏生，形成統治體系的骨幹，這就是東漢末被朝廷定位的黨人，在深刻體認到社會危機之後，群集提出諍言；而黨錮之禍後，失望的士人各憑恃自身的能力去力圖改變 state 系統的重要原因之一。

〔註31〕《三國志・魏書・高柔傳》，引書版本同註9，頁 683～684。
〔註32〕《韓非子・外儲說右上》，引自《韓非子集解》，王先愼編撰，藝文譯書館，北京中華書局，頁 511。
〔註33〕《韓非子・有度》，引書同上註，頁 81。
〔註34〕司馬談《論六家要旨》：「不別親疏，不殊貴賤，一斷於法」

所規劃的藍圖，回到正常運作的軌道，當然，作爲治國方法而言，第三環圈並非只是單一的絕對思維，曹操的理想正是〈對酒〉〔註35〕一詩裡的太平氣象，而這種理想的提出，在本質上並不能以第三環圈的思維作爲核心，第三環圈所完成的只是某種成文的規範方式，方便於統治機制的高度運作，進入了第二環圈，才眞正的涉及到所謂生命理想的本質問題。

曹操〈拜高柔爲理曹掾令〉：

> 夫治定之化，以禮爲首；撥亂之政，以刑爲先。是以舜流四凶族，皋陶作士；漢祖除秦苛法，蕭何定律。清識平當，明於憲典，勉恤之哉！〔註36〕

〈建學令〉：

> 喪亂以來，十有五年，後生者不見仁義禮讓之風，吾甚傷之。其令郡國各修文學，縣滿五百戶置校官，選其鄉之俊造而教學之，庶幾先王之道不廢，而有以益於天下。〔註37〕

〈禮讓令〉：

> 里諺曰：「讓禮一寸，得禮一尺」，斯合經之要旨矣。〔註38〕

「禮」字在荀子的思想裡，指涉兩個含義，亦即是制度義與儀文義，〔註39〕《荀子‧禮論》：「禮起於何也？曰：人生而有欲，欲而不得，則不能無求；求而無度量分界，則不能不爭；爭則亂，亂則窮。先亡惡其亂也，故制禮義以分之，以養人之欲，給人之求；使欲必不窮乎物，物必不屈於欲，兩者相持而長，是禮之所起也。」〔註40〕由此段話可以看出荀子對於禮的思考源出於其認爲人類的慾望是彼此

〔註35〕參註36。

〔註36〕引自《三曹集》，岳麓書社，頁22，1992.10。

〔註37〕同上註，頁12。

〔註38〕同上註，頁16。

〔註39〕勞思光先生認爲，禮原有廣狹二義，狹義之禮指儀文而言，廣義之理則指涉政治意義的節序與秩序，前者即一般世俗所認知之禮，後者乃屬於理論意義的範疇。請參勞思光著《新編中國哲學史（一）》，頁111，民84.8八版。

〔註40〕引自《荀子集釋》。

相殘的開始，這也是社會亂源之所繫，而中央政體（state）機制對於社會機制（society）的控制與掌握，也必須是透過穩定的生存結構之提供而展開，荀子在此認為必須樹立一種準則或秩序，使人服從並遵循於此政治典律（canon），節制人類心中無窮的私欲，以達到平亂的目的，於是正如勞思光先生所言：「如是，禮義之產生被視為『應付環境需要』者……禮義只能有『工具價值』；換言之，荀子如此解釋價值時，所謂價值只成為一種『功用』……」〔註41〕然而，禮相對於法而言，法的外在表現是一種由上而下所制定的規範，由刑律作為標準來實現此規範的價值，在法之前的大多數群眾均是平等的狀態；而禮作為道德價值的規範，是基於人道理念的根源，除了對於外在行為的準則有所規範外，其實其價值則是對於人性內在的涵養與陶冶，基礎應歸於「自知的自制」，這種方式並不同於法的律範義，而屬於秩序義的範疇，禮的價值也正在於它由內向外去示現人類最高的道德價值，所以作為第二環圈的意義也正奠基於此。所以，上述的所引關於曹操現存的有關於禮的思維記述，不難看出曹操在統治的基礎處，正是具備著筆者所分析的雙重思考，它一方面認為禮俗是社會機制（society）建築的骨架，一方面以法（刑律）做一個最客觀的控制規則，藉由兩者的交互建構，去完成他平亂以至於穩定 state 機制的運作確實。雖然，禮在此仍然具有工具意義與功用意義的外在含義，但從曹操「修文學」、「置校官」、「除苛法」的作風看來，他所謂「使先王之道庶幾不廢」，也正是力圖透過各種外在的方式，去完成對於百姓內在的教化，這也是其回歸原始儒學思維，擺落漢代神學思考的開始，雖然此思考已濫觴於漢末之時，但直到曹操秉政，北方經過他的整頓而大致清定時，整體性的文化思維方才於焉形成。

　　其實在這個立體模型的內核心才是原始儒學思維的價值根源所在，與人類內在本質建基的根本部分。此核心的構成是透過「體用同

────────────

〔註41〕引書同註39。

源」的思考去完成的，筆者認爲的「體」，指涉的意義在於吾人內在價值的自覺主宰，即是原始儒學所論及的「仁」，〔註42〕此自覺主宰實包含各種德性，即是仁的擴大義，道德價值的完成則是此主宰內在自覺驅動的結果，亦即是價值意識便內蘊於此自覺主宰之中而本有，孔子所謂「仁」的觀念與孟子「四端之心」的思考便是如此。而所謂的「用」，則是指涉以此「體」作爲本質的外在行爲發用，此發用的方式因人而異，畢竟此「體」的完全朗現也因不同主體而可差異，孔子所言「仁之方也」〔註43〕以及其針對不同學生所實施的「因才施教」，便可以看出筆者論析的端倪。

〔註42〕「仁」的確是原始儒學思維的核心與價值根源，其實從字面的涵義來解讀的話，「仁」的確正如孫隆基先生所言，蘊含著兩人關係的建構，孫氏認爲中國人透過兩人之間的心意感通去實踐道德價值，與現代西方人在世俗中容許每一個個體作自我表現的情形不同，又道家式的退隱情結，則是帶有遠離世俗與待時的雙向矛盾存在。所以原始儒家的思想在此便被定義成爲兩人對應關係的設計與構圖，天理則成爲二人之仁，「仁者，人也」的思維，也必須是克服人我界線的心意感通，在這個場域中，筆者認爲原始儒學所帶有的正是「家族血緣聯繫紐帶的等差式感情」，必須透過家族作爲擴大關懷的族群，遞進至社會以於世界，亦即是「推己及人」、「內聖外王」、「世界大同」與「天下爲公」的等差式層遞。當然，到了漢代，透過了神權結構的重新組織後，原始儒學的純粹價值思考就形成了《白虎道德論•三綱六紀》裡：「三綱何謂也？謂君臣、父子、夫婦也」、「三綱法天地人，六紀法六合，君臣法天，取象日月屈伸，功歸天也。」，這不但象徵著君權神授的神格天思想，取代了原始儒學的形上道德天的思考外，更使得君臣關係透過此建構成爲典律，與原始儒學所提出的民本思想有了牴觸與矛盾，正因此矛盾在東漢末不安的現實相對擴大化之後的突顯，導致了黨錮之禍與漢末群雄割據的抵拒與解構。請參孫隆基著《中國文化的深層結構》，唐山出版社，82.6。

〔註43〕《論語•雍也》：「……能近取譬，可謂人之方也已。」朱注：「譬，喻也。方，術也。近取諸身，以己所欲譬之他人，知其所欲亦猶是也，然後推其所欲以及於人……」引自〔宋〕朱熹撰，《四書集注》，民47.4，台灣中華書局，頁274。其實，孔子回應弟子之提問。在答覆上因人而異，畢竟每個主體自身在德性完成的基礎與準備的狀態均有不同，而每個人道德展現的層次也均有歧異，故孔子不以一法教人，而視提問者的心靈與道德價值的展現層次而定。

　　當然，整體性文化反思的歷程，與呈現出來的思考規律，必然經過一段時間的蘊積，方能形成一股宏大的呼聲與巨流，知識分子在其中扮演著舉足輕重的角色，而統治機制的態度更是推展文化意識流行的關鍵，筆者承前所述，經過漢末的亂局，士人的個體意識開始真正覺醒，對於政治與文化思想便透過各種方式橫加批判，而新政統的行政模式，也以穩定與平亂作為要求，對於上位者而言，禮法制度是交相控制作用於 state 與 society 上的，而士人在面對民生凋蔽、自身與人民生活朝不保夕時，個體意識所內在的反省思維，讓他們開始質疑生命的存續，以及神的存有與否的問題，漢代儒學的神性觀點並不能給予解答，他們只得反歸於自身的思考，透過對原始儒學的觀照，建構一套新的人生基礎。曹丕〈答許芝上代漢圖讖令〉：

> 昔周文三分天下有其二，以服事殷，仲尼嘆其至德。公旦履天子之籍，聽天下之斷，終然復子明辟，《書》美其人。吾雖德不及二聖，敢忘高山景行之義哉？若夫唐堯、舜、禹之跡，皆以聖質茂德處之，故能上和靈祇，下寧百姓，流稱今日。今吾德至薄也，人至鄙也，遭遇際會，幸承先王餘業，恩未被四海，澤未及天下。雖傾倉竭府以振魏國百姓，猶塞者未盡暖，饑者未盡飽，夙夜憂懼。〔註44〕

以「聖質茂德」作為自身內在德性的價值根源，這正是本節所言的內核環圈的思考模式，道德修養是人之所以異於禽獸的重要標準，這樣的價值觀念與讖緯神性的價值根源是歧異的，漢代儒學的觀念基本上建築在由外規定內的方式中，原始儒學則認為外是內的作用體現，如此一來，夙夜憂懼的內在反省才能時時朗現，去調整自身的道德能力，與滌除內在與道德無關的心靈雜質。當然，原始儒學裡「內聖外王」的思考，也緊緊地扣住了此時代士人的心弦，他們擺落漢代神學的控制後，又眼見現實的極大變異，所以他們對於建功立業有著

〔註44〕引自〔魏〕曹丕著，夏傳才、唐紹忠校注，《曹丕集校注》，1992.10，頁136。

相當的期待，前述所提及的建安七子便是如此。

陳琳曾言「夫天道助順，人道助信，事上之謂信，親親之謂仁」，
〔註45〕正說明了人天合德的原始儒學思維，亦即是內在的價值根源已
包含萬物之理，賦予天形上道德的意義，行天道即是順天道，以人爲
道德本體，生命價值的開展就是行人道的目的之一。其中「助」並非
賦予天任何主宰與控制的意涵，而是透過此來說明個體意識的主導
性，天作爲形上道德的意義，扮演的是透過人去體悟其道德本質後的
輔助角色，假使人相信天是道德的存有，則會透過對於自身本質的開
發，努力地實踐各種德性，透過惜時去完成有限生命時間裡的個人事
業。〔註46〕

事實上，存在於群體性價值的內在生命與文化的集體意識，在此
時期主要的表現的確是透過回歸原始儒學的精神而完成的。首先筆者
提出的是關於重構 state 的思維，這是先秦儒學「易代革命」思考的
繼承與延續。易代革命的確是原始儒學論及政治場域問題時所提出的
思維範疇，無論是「聞誅一夫紂已，未聞弒君也」、〔註47〕「有夏多
罪，天命殛之」、〔註48〕「湯武革命，順乎天而應乎人，革之時大矣
哉」〔註49〕以及「民爲貴，社稷次之，君爲輕，是故得乎丘民而爲天

〔註45〕陳琳〈檄吳將校部曲文〉，引自俞紹初輯校，《建安七子集》，北京中
　　　　華書局，1989.7，頁66。
〔註46〕「儒學的生死觀偏重於熱愛生命，熱愛生活……同時又從邏輯上表
　　　　達了重視生命的意向。儒家的生存學說還十分強調建功立業的倫理
　　　　價值，認爲在生命的進程中尤其要注重立德、立功、立言。……在
　　　　儒家那裡，重視生命與捨身取義兩者並不相悖……」，由傷逝悲感所
　　　　延伸的惜時思維，的確是不相悖於原始儒家的價值觀念，而此時文
　　　　士所普遍呈現的「風骨」情操，以及「君子疾沒世而名不稱焉」的
　　　　「乘時」思考，也是若合符節的一種回歸。請參〈傳統生死觀與中
　　　　醫養生保健〉，徐宗良著，收錄於《醫古文知識》1997 年 3 月號，
　　　　中醫文化出版，頁 8～11。
〔註47〕引自《四書集注》，〔宋〕朱熹編撰。
〔註48〕《尚書·湯誓》，引自十三經注疏本《尚書正義》，〔清〕阮元校刻。
　　　　北京中華書局影印出版，1980.9 一版，1991.6 六刷，頁 160。
〔註49〕《易·革·彖》，引書版本同 48，《周易正義》，頁 60。

子」〔註50〕的說法，都帶有人民是社會政治賴以延續的根本的想法，並且認為當某個政統無法給予人民妥善的照顧，甚至以破壞社會基礎與人民生活來滿足上位者的私慾與其遂行意志的話，這樣的政統就必須得到懲處與改變，甚至由一個新的政統來加以取代，這種原始所謂「革命」的思維，除了是建立在人的基礎上之外，也同時地承認天命的存在，當天命被在上位者逆反，意即是人天無法合德，統治者逆天而行時，那麼易代革命、重構政統就變成當然的要求，這是符合原始儒學整體思維的：

> 仲弓為季氏宰，問政。子曰：「先有司，赦小過，舉賢才」
> 〔註51〕
> 秦伯曰：「不以一眚掩大德。」〔註52〕
> 子曰：「桓公九合諸侯，不以兵車，管仲之力也。如其仁，如其仁。」〔註53〕
> 「管仲相桓公，霸諸侯，一匡天下，民到今受其賜。微管仲，吾其被髮左衽矣。豈若匹夫匹婦之為諒也，自經於溝瀆而莫之知也？」〔註54〕
> 孟子曰：「尊賢使能，俊傑在位，則天下之士皆悅，而願立其朝矣。」〔註55〕
> 「虞不用百里奚而亡，秦穆公用之而霸。不用賢則亡，削何可得與？」〔註56〕

由此觀點出發去探討東漢末年黨人的精神，他們正是站在重構

〔註50〕引自《孟子·盡心下》，諸子集成本《孟子正義》，北京中華書局，1954.12 一版，1993.1 八刷，頁 573。
〔註51〕《論語·子路》，引書同註80，頁 567。
〔註52〕《左傳·僖公三十三年》，引書版本同註 85，《春秋左傳正義》，頁 1833。
〔註53〕《論語·憲問》，引書同註80，頁 652。
〔註54〕註同上，頁 653。
〔註55〕《孟子·公孫丑上》，引書同註 50，頁 134。
〔註56〕《孟子·告子下》，引書同註 50，頁 490。

state 的思考上，以清議的方式去迫使政統的運作趨於合理而正常，然
而經過兩次的黨錮後，重構政統的要求變形成爲了易代革命的思維，
「漢末黨人與以曹操爲首的建安士人的根本區別正在這裡；漢末黨人
一心匡扶漢室，知其不可爲而爲之；建安士人在對漢王室徹底絕望之
後走上了自主自強，易代革命，統一天下，重造太平世界的道路。」，
〔註57〕對於建安士人關於原始儒學在行爲上的回歸，此段話可說是一
個極佳的註腳。而唯才是舉的做法，在這個重構新政統的時代中，並
不排斥兼舉德性，而通向了德才並舉的思考，這種思維使得士人的生
命觀照，趨向於原始儒學「建功立業」的外王思考，而部分的士人則
在鬱鬱不得志之後走向了「述作」的內聖進路。

　　當然，欲重構政統便需求一批不同於前代的人才，所以人才選取
的觀念便是此時代在上位者所產生相應於社會文化的思考方式，這樣
的思維模式同時地也反向操縱士人對於政統介入與否的各種生命態
度與模式，進而影響士人內在生命、文化的共同意識。由此章第一節
討論的部份可知「唯才是舉」與「用人唯德」本該矛盾的兩種思考，
在此時代因新政統的亟欲確立，變形成了「用人唯才，並不排斥德性」
的「德才兼舉」的方式，其實這種選材的方式，由上所述，可知亦是
原始儒學人才觀念的繼承。

　　在本節的結尾處，筆者引用關於曹操的一段文字論述：

　　　及造作宮室，繕制器械，無不爲之法則，皆盡其意。雅性
　　節儉，不好華麗，後宮衣不錦繡……得美麗之物，則悉已
　　賜有功，勳勞宜賞，不吝千金。無功望施，分毫不與。當
　　以送終之制，襲稱之數，繁而無益，俗又過之，故預自制
　　終亡服，四篋而已。……是以恢造大業，文武並施，御軍
　　三十餘年，手不捨書，晝則講武策，夜則思經傳，登高必
　　賦，及造新詩，被之管絃，皆成樂章。……〔註58〕

〔註57〕 孫明君著，《漢末士風與建安詩風》，文津出版社，民84.1，頁75。
〔註58〕 《三國志・魏書・武帝紀》註引《魏書》，引書版本同註9，頁54。

雖然本處文字指涉的是曹操平日生活的狀態而言，然而我們從另一個角度分析之，不難發現「爲之法則」、「勳勞宜賞」、「分毫不與」之言，可以印證本文所言外層第三環圈的法制面，「雅性節儉」等則指涉第二環圈的禮教儀節，至於內核心第一環圈的成德思想，則可展現於其「送終之制……繁而無益」的思維。前述所引曹操《修學令》便可以看出雖是制度命令的頒布，其實內裡所蘊含的則是原始儒學所提出的人倫思維，「仁義禮讓之風」就是聖人治化之道，這種教育思想的核心，本身觸及的就是本文所提出分析模式的內環圈的部分，而這也是三曹時代文化與社會思維在某個面向對原始儒學回歸的方式與態度。

第四節　縱情任性之風與希冀隱逸的對照呈現

從文化現象的角度分析，士人在生活與社會對應上的外在展現，也是本文所觀察並討論的重點，畢竟外在集體呈現的類化行爲，也同時指向文化內部整體的思考模式，我們可以透過對行爲模式的討論來具體指涉其文化思潮的進路。

范曄《後漢書・逸民傳》有這麼一段話：

> 自茲以降，風流彌繁，長往之軌未殊，而感致之數匪一。或隱居以求其志，或迴避以全其道，或靜己以鎮其燥，或去危以圖其安，或垢俗以動其概，或疵物以激其清。然觀其甘心畎畝之中，憔悴江海之上，豈必親魚鳥樂林草哉，亦云性分所至而已。〔註59〕

在此文中有許多值得注意的地方，首先是關於「性分所至」的問題，大陸學者孫明君認爲「隱居的動機爲『性分所至』，不是沒有道理的。現代心理學知識告訴我們，個人的性分之間的確存在先天的差異。然而不能因此忽略現實環境、社會政治對是人走上隱居之路的重要作用。甚至，可以斷言現實因素是世人隱居的根本原因。隱居乃是對專

〔註59〕引書版本同註24，頁2755。

制制度的一種反抗。」〔註60〕筆者對於這樣的說法有些質疑並需加以
補充：第一、筆者並不認范曄言「性分所至」是指涉隱居的動機，隱
居的動機應是蔚宗在前述所猜測與摘引的範例，「性分所至」應是這
些動機背後所可能內孕的本質思維；第二、現實因素當然是隱居的重
要原因，但未必是對專制制度的一種反抗，應該這麼說，對於制度層
面的不滿，當無法以一己之力改革之時，或許士人便會透過隱逸的方
式去避開與現實社會的衝突，並透過此不僅去「惜時」，以完成內聖
的功夫或逍遙的自在，更或許是「待時」，以等待新政統的來臨，無
論如何，這種沉潛的方式，一方面可以看出他們對於出處問題的掙扎
與矛盾，另一部份卻可觀察到士人對於隱逸生活的嚮往，以及生命內
在對於逍遙自在的呼聲。這即是說，生命必須尋找紓解的出路，「外
王」的道路是易見而顯明的，然而當此進路遭逢困境時，生命就必須
向內尋求出路，既不得以外部去建構生命價值，便反向內部自省，走
向「內聖」的道路，這不僅是內省而欲成之於己，或許隱逸的思維，
就是建基在此，透過刈除與俗世的互動，去「專心致志地顯發自身」，
雖然可能完成「全幅自我彰顯」的生命價值，但若只以此爲「自家事」，
刻意與外在環境作絕對的區隔，或許當除卻自身後，亦難喚起所謂的
「性分所至」。不過，幾種進路間的徘徊與觀望，在士人的心中又形
成了另一種內在的衝突，這或許也是范蔚宗所云「性分所至」的另一
層隱晦的意涵吧。

　　其實，王瑤先生的說明是極其清楚的：

　　　當社會混亂，生命無保障的時候，士大夫出仕是很困難的事
　　　情，不但忠於漢室不太可能，因爲各地方勢力都有它自己強
　　　大的部曲與掾屬；即仕於各州牧也很危險，如陳琳之事袁
　　　紹、王粲之依劉表，都其勢不能不變節。最安全而又最保險
　　　的辦法，莫如管寧、田疇、胡昭等隱居起來，躬耕待時。所

〔註60〕參孫明君著《漢末士風與建安詩風》，文津出版社，頁 49～50，民
　　　　84.1。

以漢末的大亂，實在是隱逸之樂興起的最大原因。〔註61〕

王瑤在此指出了一個社會現實，亦即是筆者所言的，當中央政體
（state）系統薄弱到不足以控制或支撐社會機制（society）系統時，
此系統就會自行調節成新的生存方式，其中「割據」便是漢末時成行
的方法，從另一個角度講，就是在這個系統裡出現了不同卻彼此系聯
的中央政體（state），這些中央政體（state）對於領地之下各自分屬的
社會機制群（group of society）也採行既相同又相異的控制辦法，相
同的是針對於原本應該控制整個社會機制（society）系統的中央政體
（state）而言，在傳統的因襲面上，仍然以形式聯繫的情況，必須遵
循「維繫——統制」的制度與儀範，另一方面因為地域性與管轄者的
不同，遂又形成統治條件各異的實際變化面，而導致各領地所呈現的
文化與社會風貌有相異處。而王瑤所言的士人群體在這種虛實聯繫的
社會狀態下，他們心靈內部不免得也對應了此種矛盾，生命亦必然淪
入種種的衝突下，一方面他們或許選擇出仕依附某個領主以完成惜時
的生命思維，一方面他們對於自身的生命是否穩定而感到疑慮與憂
心，所以隱逸與入仕便成為他們內心裡掙扎的矛盾點，意識到強烈傷
逝悲感的士人群體，為了消解類似複雜的情緒，躬耕壟畝與教授生徒
便成為他們精神回歸穩定的一種方式，他們在積極惜時、希冀建功立
業的思維下，也存有能夠在紛亂複雜的社會環境中獲得心靈的寧靜安
詳的價值追求，這種價值追求，給予士人在不遇之時有了向內遁世待
時的強烈提示，他們可以透過把生命融注於自然中，去引動對於生命
美感的藝術自覺，〔註62〕而後世雅好山水之風實也濫觴於此。當然，

〔註61〕 王瑤，《中古文學史論》，頁 54，上海古籍出版社，1982.10。

〔註62〕 《莊子・知北游》：「聖人處物，不傷物。不傷物者，物亦不能傷也。
唯無所傷者，為能與人相將迎。山林與！皋壤與！使我欣欣然而樂
與！」引自諸子集成本第三冊王先謙撰《莊子集解》，北京中華書局，
1993.1 八刷，頁 144。的確，與物無礙，相處無傷，卻又不與人主
客對立，山水自然與人透過移情而相互消融，人與自然在此合一，
宇宙即人生的生命境界，也是此時的士人所欲追求的，此亦並不礙
於建功立業的乘時思維，而與之並存（可參照本文第二章敘述）。

我們透過史書，的確也不難發現大多數的建安士人有過或長或短的隱逸生涯，〔註63〕這是值得注意與討論的。筆者認爲所謂的隱逸在三曹時代中，是士人面對生命易逝所產生悲感的一種消解方式，尤其在仕途與理想受到打擊與相互矛盾時，隱逸就成爲士人豐沛的生命力面臨現世的無奈，生命價值進路分殊的一種調節，透過這種調節後的思考與再出發，也提供士人對於生命時間的另一種掌握的方式，而不單僅是避去了某些禍患，這似乎可以和另一種生命模式——「縱情任情」，相互對照去呈現出三曹時代北地士人的生命思維的某些基礎狀態。

附圖：

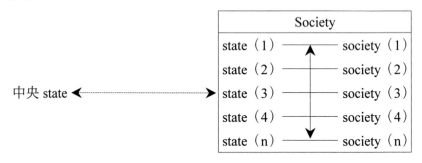

我們不妨說隱逸是士人對於自然界的縱情任性，透過對於自身的任達欲擴及於是宇宙的觀照與反省，所以隱逸可說是主體內在心靈與客體自然彼此間任情縱性的交響。然而筆者所謂外在的任情縱性，所指涉的正如羅宗強先生所言：

> 大一統的觀念瓦解，正統思想失去了約束力，士人在生活
> 情趣、生活方式上也隨之發生變化，從統一的生活規範，
> 到各行其是，各從所好，而大的趨向，是任情縱欲。〔註64〕

實際上，因爲正統思想隨著舊政統的衰落，而失去了內聚的力量，士人又因爲個體意識的覺醒，對於個性主體的價值確立，從抵拒

〔註63〕一如曹操，在中平四年（187）時，辭官返鄉，「於譙東五十里築精舍，欲秋夏讀書，冬春射獵，求底下之地，欲以泥水自蔽，絕賓客往來之望……」，（《讓縣自明本志令》）。引書同註6，頁32。
〔註64〕羅宗強，《玄學與魏晉士人心態》，文史哲出版社，頁39，民81.11。

統一的群體規範開始醞釀，再加上漢末時期漢代儒學的價值逐漸衰落，偏向道家的玄學思想勃興，士人所背負的群體生存包袱一旦卸下時，作為主體的個人情性就會成為生命的價值導向，又因政治的不穩定，使得士人也在無可奈何之際，表現出任情縱性的一面，孔融與禰衡正是一個最好的例子：

> 又，融為九列，不尊朝儀，禿巾微行，唐突宮掖。又前與白衣禰衡跌蕩放言，云：「父之於子，當有何親？論其本意，實為情欲發耳。子之於母，亦復奚為？譬如寄物瓶中，出則離矣。」既而與衡更相贊揚。衡謂融曰：「仲尼不死」，融答曰：「顏回復生」。大逆不道，宜極重誅。〔註65〕

> 操欲見之，而衡素相輕疾，自稱狂病，不肯往，而數有恣言。操懷忿，而以其才名，不欲殺之。聞衡善擊鼓，乃召為鼓史，因大會賓客，閱試音節。諸史過者，皆令脫其故衣，更著岑牟單絞之服。次至衡，衡方為《漁陽》參撾，蹀躞而前，容態有異，聲節悲壯，聽者莫不慷慨。衡進而操前而止，吏呵之曰：「鼓史何不改裝，而輕敢進乎？」衡曰：「諾」。於是先解衵衣，次釋餘服，裸身而立，徐取岑牟，單絞而著之，畢，復參撾而去，顏色不怍。操笑曰：「本欲辱衡，衡反辱孤。」……衡乃著布單衣，疏巾，手持三尺梲杖，坐大營門，以杖捶地大罵。〔註66〕

這兩個明顯且膾炙人口的例子，可以看出他們不拘禮法，漠視俗世，鄙薄時風的個性，這種縱情任性的生命氣質，在他們的身上是較為全面顯性的統馭了人格結構，致使他們的個體生命價值雖然得到充分發展，然而這種建築於過度壓抑後的矯時凌物式的個體人格，如果成為整全人格的價值藍本，雖然亦是在當時縱情任性的某種文化氛圍所壟罩之下，卻仍過度悖離了世情，且流於陸離的思考模式而成為一種極端的偏執，亦即是縱使放達也必須建植於 state 以至於 society 的結構

〔註65〕《後漢書・孔融傳》。引書版本同註24，頁2278。
〔註66〕《後漢書・文苑・禰衡傳》，引書版本同註24，頁2655。

上，而非漫無依憑，擺落於世俗的結構之外。當然，正因爲三曹時代是一個主體意識高度發揚覺醒的時代，情感從漢代神學式儒學的缺口突破而決堤時，一方面返回原始儒學的思維在發酵醞釀，另一方面對於道家的玄學式回歸也逐漸地發展成熟，這兩股思維的衝激與交流，最終都是返回人自身的情性上作爲價值思考的起點，縱情任性與隱逸的思維都同時地存在於此時士人的「積極乘時的人格結構」當中，當其面臨生命的阻礙與不順遂時，內在的人格結構就會產生各種不同的拉扯，在這種拉扯與掙扎中，使得此時期的北地士人對於生命的內在思維有著較爲深度的呈現，詩文無不表現了各種典型的人格特性。所以，我們可以說三曹時代作爲漢末與魏正始時期的中介點上，此時的士人不僅因個體意識的高度自覺而繼承並拓展漢末時期黨人的清議精神，以天下爲己任的回歸原始儒學的生命思維；亦透過人格結構裡多重矛盾的思考，成爲魏晉風度的起點與濫觴。當然，只有當任情縱性（解放）與自我約束（壓抑）同時地呈現平衡的狀態時，似乎方能較爲順適地生存於這個時代當中。

圖表說明

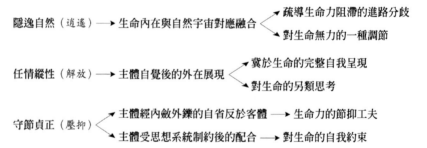

第五節　小結：外王功業主流價值系統的完成

承上論述可知，其時文士所展露的強烈生命力，以及對於生命力本身的關注，甚爲顯著，無論是守正的節度、反情的外放，抑或是生命價值進路分歧的隱逸，常始於同一基調，或者說是同樣的思維緣起

發展而來──就是「經世立業」的思考，此實爲三曹時代，尤以建安年間爲最的生命思維價值觀的主流，「不戚年往，世憂不治。存亡有命，慮之爲蚩」〔註67〕雖然如此，四時的流轉相對於生命的無情遷逝，仍是曹操所感到憂慮的，也正代表著建安詩人普遍性的心聲。人們憂慮人類生存的時間、空間是極其短暫，相對於社會與文化的延續、傳承，人類往往祇能在自身生老病衰的過程中盡其微力去掌握與實現自我存在的價值，而三曹時代的士人，眼見現實的不堪，生命在戰火綿延裡的脆弱，他們關注現實與民生的疾苦，更因爲個體意識的自覺，使得士人群體性的思維都導向於「經世濟民」的思考模式，他們在詩文的表現上透露著積極用世的「惜時抱負」，和古詩十九首呈現的「摹擬現實」，在發展歷程裡有著改變與相異的進程，曹丕的《令詩》與《黎陽作》簡單且明確地寫出了此時代士人靖亂拯弊的普遍性思維：

《令詩》云：

> 喪亂悠悠過紀，白骨縱橫萬里，哀哀下民靡恃，吾將佐時整理。〔註68〕

《黎陽作》其一：

> 在昔周武，爰暨公旦。載主南征，救民塗炭。彼此一時，唯天所贊。我獨何人，能不靖亂。〔註69〕

曹丕把當時的社會情況用了簡單的幾筆就勾勒得非常深刻，這是源於他內心裡對於曠日費時的喪亂，以及現實裡民不聊生的生命狀態，感到沉重而深痛，此時期的文士對於拯救生民於塗炭之中，都有強烈的責任感存於自身，都想要透過各種方式效力於明主去實現自身存在天地間的價值，透過建功立業去完成短暫生命存在的惜時思考。曹丕雖是作爲領導者的地位，卻也同樣地賦予自己對於社會文化的重責大任，他要求自己能夠承擔如周武王與周公旦般的平亂救民的責任，此

〔註67〕曹操〈秋胡行〉，引書同註26，頁351。

〔註68〕引書同註26，頁403。

〔註69〕引書同註26，頁399。

和曹操自比周文王,有著某種相似的生命思維基礎,他們呈現的都是對於原始儒學的回歸傾向。而這時的士人因爲政治地位的所處不同,他們在詩中所呈現的關於建功立業的惜時思維,也產生了各種樣態質貌,例如王粲的《從軍詩》:〔註70〕

> 竊慕負鼎翁,願厲朽鈍姿。不能效沮溺,相隨把犁鋤。熟覽夫子詩,信知所言非。(其一)
>
> 棄餘親睦恩,輸力過忠貞。懼無一夫用,報我素餐誠。(其二)
>
> 籌策運帷幄,一由我聖君。恨我無時謀,譬諸具官臣。鞠躬中堅內,微畫無所陳。許歷爲完士,一言猶敗秦。我有素餐責,誠愧伐檀人。雖無鉛刀用,庶幾奮薄身。(其四)

雖然,所在政治地位不同而導致他們在詩中呈現出來的態度不同,但他們都是想要積極地將自身有限的時間與力量,投入於重新改造 state 的行列中,所以縱使是認知到此身之力的微薄,也願意竭力去奉獻自身的生命時間去完成建功立業、拯救生民於水火的外王事業,這種自我責任的賦予與加諸,並非只是爲了消解個人內在生命對於外在客體發生衝突的情感掙扎,更多的是要實踐內在心靈惜時所回歸的原始儒學外王思維,這種昂揚進取、勇於任事的積極精神,在三曹時代中普遍地存在於士人的人格結構當中,並且成爲其實現生命的主流價值,只有當此主流價值因某種原因受到阻礙而不能實現時,他們才會思考逃避或者退縮的問題,這也是本節作爲此章小結以對照呈現上節關於隱逸與任達思維的原因之一。〔註71〕當然,作爲一個整全的人格結構,其實是立體而複雜的,並非是分析時所採取的各種單向式的拆解與討論,筆者爲了分析的方便起見,才分成兩節敘述之,實際上作爲

〔註70〕 引書同註26,頁361~362。

〔註71〕 可參〈試論建安詩風的慷慨——功名理想對情感的昇華〉,王偉英著,收錄於《齊齊哈爾師範學院學報》1991 年第 1 期;〈建安時期士人的政治地位、社會意識與文學思潮〉,詹福瑞著,收錄於《天府新論》1991 年第 4 期。

此時士人的人格結構，因為個體意識的高度發展，再加上社會、政治、文化、經濟等外在因素的互構與影響，使得此時的士人呈現出不同的人格典型，許多學者的論文也著力於討論此處，然而本文所要分析歸納的卻是可以暫時抽離出來的普遍性文化生命的集體思維，畢竟透過對此的討論，我們方能掌握三曹時代所呈現的文化氛圍以及北地士人的生命觀照，似乎亦能補充前人所謂建安風骨各種面向討論的不足之處。

第四章　乘時系統的文學基礎

　　卻斯勞・米洛許（Czeslaw Milosz）在〈宗教的信仰何處去〉此文中提及：

> 如何才能看透我們這時代的人在想什麼？我們可以知道他們的意見、看法、信仰，以及一切可藉語言文字表達的東西。然而，語言不大可靠。因為心理狀態的較深層變化，內心面對世事改變而作的不很刻意的調適，往往都是語言追不上的。……假設某一時代的所有人的創作都離不開某種共同的認知，我們從觀看繪畫或聽音樂終究能找出創作的確切年代了。因此一件件創作品並不是互不相關的孤立體，而是有某種隱藏的關係在聯繫著。……〔註1〕

　　的確，似乎語言本身是不可靠的。然而，我們也必須透過創作品，去發掘出某時代所呈現出文化面貌的普遍性，每一件作品雖然可能屬於不同作者的創作，然而之間所呈現的應是有機的聯繫，並非各自不相干而全然獨立。所以我們可以透過某時代諸多作品之間內在關係的處理，去思考此時代共同文化生命的意識觀點，以及對於此的追尋與超越之歷程與方式，畢竟知識分子的自覺與時代是密切相關的，我們

〔註 1〕　引自薛絢譯，Nathan.PGardels 編《世紀末》，立緒文化，頁 18，民
　　　　　86.7。作者卻斯勞・米洛許（Czeslaw Milosz）為 1980 年諾貝爾文學
　　　　　獎得主，原籍波蘭，代表作為《被俘虜的心》（The Captive Mind）
　　　　　與《求之不得的地球》（Unattainable Earth）。

不僅要認知到他們不僅展現出對於內在生命的獨立追尋，也共定反映出一個時代所內蘊的文化意識。當然，筆者把這樣的思維模式作爲處理方法時，也認爲他們的詩文作品記錄了對於生命思考與追求或是消解的旅程，他們在面對生命的困境時，的確呈現出許多的共同特質反映在作品當中，透過各種題材的寫作，他們用各種方式與角度去反映出個人對於此時普遍性的存在於心靈裡的傷逝悲感，透過不同的消解方式去探尋個體生命悲劇所呈現與代表的意義，在諸多作品的有機聯繫裡，我們並不難發現此時代普遍性文士生命的深層結構與生存的困境抉擇爲何。

第一節　生命悲劇意識的本體觀照

「建安詩人乃至中國古代文士的生命失落感主要由於政治上的失意所導致的」，﹝註2﹞的確，「由於不斷的政爭、戰亂，對死亡有更強烈的恐懼，使人對生命產生更迫切的留戀。這種情形，在當時人的詩文中極爲明顯，成爲文學作品上重要的特徵之一……」，﹝註3﹞三曹時代的文士們都普遍地存在著「沉淪眾庶間，與世無有殊。紆鬱懷傷結，舒展有何由。」﹝註4﹞的情結掙扎，雖然他們在文學上都有一定的造詣，但並非能夠在政治與軍事上有著外王功業的能力與建樹，所以當他們一旦面對心靈的糾結時，就將產生了不同的生命價值觀照，﹝註5﹞前述《人物志》的思維也正是在說明大多數的人其實都是屬於

﹝註2﹞　孫明君著《漢末士風與建安詩風》，文津出版社，民84.1，頁174。
﹝註3﹞　引自李栖〈魏晉名士的浪漫生活〉一文，收錄於《魏晉南北朝文學思想學術研討會論文集》，文史哲出版社，民80.8，頁357。
﹝註4﹞　陳琳《雜詩》，引自《先秦漢魏南北朝詩》，逯欽立輯校，木鐸出版社，頁368。
﹝註5﹞　有的人採取積極的態度抗拒死亡，力圖對於生命作乘時的打算，有的人則萎頓頹廢透過溺時去麻痺自己的精神，有的人則隱居不仕向內探索心靈逍遙的可能等等，不一而足，均可在本文所提出的惜時系統中被概括。又，潘嘯龍認爲因爲建安時代是一個苦難的時代，也是一個具有救世濟民之志的英雄時代，還是一個思想大解放的時

「偏至」一類的人才，然而因爲三曹時代整體的主流價值存在於建功立業的外王事業，文士們似乎對政治都懷抱著理想與熱情，當熱情受到各種因素而內抑，理想不得實現時，那種生命所發生的失落感便會在他們的作品中發抒，並力圖透過寫作來消解情緒的痛苦，其實當生命感到短促，生命不斷地遭受壓抑時，對於生命本身就會產生極度的痛苦與失落，三曹文士內心的苦悶往往是因爲壯志難酬，未被重用，所以往往「將抒情與言志相結合，使文人詩脫離了單純的抒情緣事的格局；爲新詩體表現功能的增強和題材領域的擴大提供了可能性；從而使新的詩歌藝術系統迅速擺脫自然藝術的階段，走向自覺藝術的成熟階段……他們的詩歌在時空上顯得更爲廣闊……」，〔註6〕此在本文討論曹植與建安七子的詩中將多有討論，此不再贅述。而對於整個新政統的統治者，曹操與曹丕而言，他們所反映出來的心靈失落，相對於這一批被任用的文士而言，則又稍有不同。

　　曹操所感到憂慮的是在時間的流逝裡，他無法完成理想中的功業狀態，此與三曹時代多數的文士不被見用的內在感受的根源是不同的，畢竟曹操作爲新政統的領導者，他所憂慮的是政統如何完成維繫並開創的事業，在生命時間不斷地逝去中，他並未達到自己所要求的標準，這種失落相對於那批文士而言，少了羈旅不遇的內在自憐與怨

<hr>

代，此時的文士對文學價值有了新的認識，相對地對生命本質也有了新的觀照。請參李栖〈魏晉名士的浪漫生活〉，收錄於《魏晉南北朝文學思想學術研討會論文集》，文史哲出版社，民80.8，頁353～372；〈激盪千秋的慷慨悲壯之詠──略談建安文學興起之因〉，潘嘯龍著，收錄於《中國古代、近代文學研究月刊》1994年第3期，頁131～134，北京中國人民大學書報資料中心，1994.4.20。

〔註6〕引自錢志熙《魏晉詩歌藝術原論》，北京大學出版社，頁147，1993.1。又，陳祖美也認爲這種轉變透過曹操雄壯古直、曹丕嬝婉委移、曹植詞采華茂的風格轉移得到完成；陳忠則提出他們創作基點的一致性，就是把社會戕態當作基礎，各居一隅，直對社會而感懷賦詩、傷物抒情。請互參〈建安詩風的演變〉，陳祖美著，收錄於《光明日報》1984年11月20日。〈論建安詩派〉，陳忠著，收錄於《許昌師專學報》1991年第1期。

懟，加重的更是對於整個政統的責任與負擔，所以我們透過所引述曹操的詩文，他甚少產生三曹文士那種見棄的憤懣，有的多是對社會理想未完成而時間卻如長河奔流的傷逝悲感，這種悲感的著力點也不僅是個人的，而是整個時代責任包袱的自我加諸，當然也因爲權力場域位置的不同，也決定了三曹文士與政統領導者對於生命失落感受層次的歧異。又譬如曹丕作爲另一個例子，他作爲曹操的繼承者，也實質上遞嬗了整個新政統的名義與圖騰，對於三分天下的形勢也了然於胸，北方的穩定使得曹丕在統一大業上相對地沒有其父如此積極，透過曹丕在作品裡多寫及的遊子與思婦的討論，我們的確發現曹丕生命失落感的產生並非源自於建功立業的思維部分，而是主要在慨歎生命本體在有限的時間內必然需要承受的各種折磨與苦痛，人在面對自身生命這種孤獨與冷落時，往往才能反芻到生命的無力與無解，而遊子與思婦本來就是較爲孤苦類型的人，曹丕透過對於他們心理細膩的刻劃與掌握，集中於描寫世態的冷暖，去寄寓這種人生飄零的生命失落，透過哲學性的命題與思維去消解此種失落的情緒，去力圖說明生命本體存在的反省爲何，這與多數的三曹文士在生命失落的思維上亦有極大的不同。透過筆者簡短的結語再次地說明與分析三曹時代士人對於生命的體認，我們不僅思索了關於集體潛在生命意識的共同反映，也比較了其中部分的差異及其造成的不同生命思維，在分論時，本文將分析並綜合前述所言去簡單探討，整體性三曹文士在文學上是如何去解消內心的生命掙扎與衝突，並普遍地呈現出何種的社會與文化的風格屬性。

第二節　傷逝悲感消解的集體思維

　　筆者在此章第貳部份，便採取簡略的分析模式去討論此時文士的詩作，以補充說明此時代文士消解生命悲劇的各種層次與思維。而惜時主題在他們各種題材的處理中均成爲一個重要的內在意識，無論哪

種題材，似乎都不可避免地指涉到本文所提出的惜時系統，而透過這個系統的反思，他們便以各種題材去展示思慮過後的結論，而這些結論最終都將指涉到他們個體意識消解傷逝悲感的內在思維。〔註7〕筆者透過一個基本的分析與說明，也替本章作一個小結與未來研究的開端。

游仙作爲此時代重要的創作題材，實際上有著極爲重要的意義存在，王國瓔認爲：

> 悲哀歲月易逝，慨歎生命無常，是魏晉詩人吟詠求仙意圖的情感根據。但是他們對神仙的企慕，對長生的嚮往，並不侷限於希求自然生命的延長，以抗拒死亡的威脅；更重要的是，企圖寄懷於超越時空、無往而不自得的神仙境界，以便從人生的苦悶中逃離出來，逍遙游心於塵外，得到大解脫。因此，魏、晉詩篇中求仙的吟詠，可說始終不離老、莊思想的範疇，是一種對個人生命存在的自覺，也是一種追求心靈逍遙自適的表露。〔註8〕

筆者在此不擬涉及游仙詩的淵源以及與其有關的神仙方術學說，我們所集中討論的是有關於游仙詩在此時所扮演的消解生命傷逝悲感的內在思維爲何。實際上，當他們的個體意識發展時，他們首先認識到的便是傷逝悲感所引起的對於生命存在的不信任與焦慮感，畢竟生命存在此時代並不再存著漢代受到神聖天意控制的集體思維，生命的開始與結束，逐漸地被視爲某種偶然性所導致的，對於現世的價值寄託，在此卻呈現一種飄零無根的感受，文士們以至於統治者有時在面

〔註7〕 論者歸納認爲建安詩人悲情意識的主題有六，生命無常、戰亂相乘、憂讒畏譏、悲士不遇、孤臣棄婦、遊子邊流。然而這些主題散佈在三曹文士不同類型的作品當中，甚至可以交互呈現在同一首詩文裡，所以本章便依題材類型的分析，提出三種類型的詩歌創作去分析其面對時空所產生傷逝悲感消解的惜時思維之方式。請參引〈建安詩人的悲情意識——以三曹七子的詩歌爲例〉，張高評著，收錄於《第三屆中國詩學會議論文集——魏晉南北朝詩學》，國立彰化大學國文系編印，頁183～222。

〔註8〕 引自《中國山水詩研究》，王國瓔著，聯經，頁81，民85.7。

對此深刻感受時，他們無法承受這種短暫卻不知何時所終的生命時間，畢竟現實社會文化的時空相對於生命本體而言，本來就是無法比較的，然而詩人面對這種窘況，他們敏感的生命卻力圖從詩文中尋求精神的寄託，於是他們虛擬了一個新的時空度量衡去消解在現世裡的傷逝悲感。

　　仙境，便是一種超越性的場域，可以去延伸現實時空裡有限的生命時間，使生命時間在這個虛擬的空間裡成爲不死的傳說，也寄託著詩人對於永恆生命的冀求，最終連時間觀念在這個想像空間裡也不再存在，一切都將成爲無始無終的永恆。無論是曹操「絕人事，遊渾元」（〈陌上桑〉）、〔註9〕「思得神藥，萬歲爲期」（〈秋胡行〉其二）〔註10〕這種「飄飄八極，與神人俱」（〈同上〉）〔註11〕的超越性意識；還是曹植「金石固易弊，日月同光華。齊年與天地，萬乘安足多」（〈遠遊篇〉）〔註12〕此類型生命時間永恆與自然時間並齊的虛擬思維，都在放縱想像的游仙時空中得到完成，與自我精神的短暫救贖，畢竟在現實的世界當中，因爲環境上各種限制，人類並無法完成各種生命需求，於是生命欲求在無法獲致完整滿足時，會伴隨著相對性的痛苦與折磨，然而在這個虛擬的時空當中，詩人卻可以滿足對慾望需求的各種想像，獲得生命的解放與自由，在現實層面的生命憂慮與掙扎，於文士在游仙作品裡所編織的嶄新環境裡獲得一種安慰。「求仙的基本目的，是爲了長生不死。長生不死的觀念，起於對死亡的恐懼，對人間世界的強烈意願」。〔註13〕所以，他們始終要回歸現實時空，仍然要面對「年之暮奈何，時過時來微」〔註14〕的浩嘆，這種生命時間的規律是無法悖反的，於是文士們仍然必須在現實的環境中透過各種方式去消解傷逝

〔註 9〕引書同註4，頁 348。
〔註10〕引書同註4，頁 350。
〔註11〕引書同註4，頁 350。
〔註12〕引書同註4，頁 434。
〔註13〕引自《中國山水詩研究》，王國瓔著，聯經，頁 81～82，民 85.7。
〔註14〕曹操〈精列〉。引書同註4，頁 346。

悲感的內在思維，而惜時的根基也建立在面對現實時空的基礎上，游仙作品便成為文士生命憂慮感的一個短暫並且虛擬的停泊點。

　　自然山水之作則是三曹文士回歸到現實層面的消解方式，主體生命如何融攝於自然客體，進行彼此之間頻繁的互動與交流，這其實是一個重要的內在提問。此時期的文士通過對自然客體的移情轉換，把自我融入自然山水當中，透過對於有情天地的體悟，將心靈置於其間，去分享自然山水的各種情態，並從中了悟人事之理。實際上，自然時間與生命時間並非完全地相互牴觸，從而產生傷逝悲感，人們也可透過當下時間的調和，在瞬間從自然山水當中去領悟到生命的永恆與寧靜，並以此來消解生命不順遂的憂慮與傷害，詩人總是可以讓自己暫時沉浸於現時存在的自然山水當中，透過自然景觀去消解並提昇內心的傷逝悲感於哲學性的場域思維，使文士可以因移情與思慮中雜質的滌洗，暫時地忘卻所有生命的掙扎或憂慮，或是昇華了這種不愉快的感覺並消融在自然客體當中。王粲《雜詩》四首其一、其二：

> 吉日簡清時，從君出西園。方軌策良馬，並驅屬中原。北臨清漳水，西看柏楊山。回翔遊廣圃，逍遙波渚間。
>
> 列車息眾駕，相伴綠水湄。幽蘭吐芳烈，芙蓉發紅暉。百鳥河繽翻，振翼群相隨。投網引潛魚，強弩下高飛。白日已西邁，歡樂忽忘歸。〔註15〕

逍遙與歡樂可說是王粲此詩的基調，現實生活裡所出現的自然美景，士現世便可觸及與享受的造物賦予，並不需要構築一個虛擬的時空，自然山水的律動是文士所能思慮的，其與個人生命時間所產生的互動與矛盾，也是文士們經常在詩中所呈現的焦慮與不安，但如今文士卻把個體的生命對象化，被宇宙自然的山水客體所融攝，達到物我互構的境地，那麼心靈所出現對於傷逝悲感的情緒，也透過如此的觀照而消解大半，當然詩人或以景寓情，或以情賞景，無論是如何的情緒與感動，都可透過山水客體所給予的感受，通向生命的安頓與穩定，縱

〔註15〕引書同註4，頁364。

使個人價值在有限的時間與阻礙重重的險惡政治環境中難以實現，卻也可以透過與虛擬不同的實境去投注生命所鬱積的苦悶，暫時忘卻煩惱，或昇華惱人情緒成爲哲學性的深層思考。

宴飲之作則是另一種消解生命悲劇意識的思維模式，《文心雕龍·明詩》：

> 暨建安之初，五言騰踴，文帝、陳思，縱轡以騁節；王、
> 徐、應、劉，望路而爭驅；並憐風月、狎池苑、述恩榮、
> 敘酣宴。〔註16〕

劉勰在此處的說明反映出了當時的眞實情況，「從建安初到鄴下時期，詩歌中反映現實，尤其是以諷喻、刺疾邪爲主題的作品越來越少，這種情況也可說是建安詩歌的現實性有所削減。……」，〔註17〕遊宴的風氣可說是其時文士回到現世，透過物質與生理的短暫享受，去消解對於生命短促，但卻人生失意的痛苦情緒，從慾望的層面去透顯自我價值的存在，的確是此時文士另一種消解傷逝悲感的方式。筆者曾在提出惜時系統時論述過，惜時除了通過建功立業的方式呈現外，亦有應時的方式，其中「爲樂當及時」的思考對於他們來說，也可以通過對於時間感的麻痺，去完成生命密度另一種向度的累積。實際上古詩十九首所表現的憂生之嗟與及時行樂的思想，在三曹時代和建功立業的乘時思考相互糾結互構，澱積於文士們的意識深處，形成內在心靈的矛盾拉扯，「而宴遊生活則正好成爲此矛盾心理得以平衡的調節器，成爲他們功業難酬時所需要的內在精神補償。也就是說，宴遊生活中才性的自由揮發、瞬間的物我兩忘的享樂，增加了生命的密度，既可作爲憂生意識的解脫，又可視爲自我價值實現的另一條途徑。」

〔註18〕

〔註16〕 引自《文心雕龍》，〔南朝梁〕劉勰著，王更生導讀，金楓出版，頁69，1988.8。

〔註17〕 引自錢志熙《魏晉詩歌藝術原論》，北京大學出版社，頁149，1993.1。

〔註18〕 引自〈試論建安時期的宴遊詩〉，王利鎖著，收錄於《中國古代、近代文學研究》月刊1991年第3期，北京中國人民大學書報中心，頁

王粲《公讌詩》：

嘉肴充圓方，旨酒盈金罍。……今日不極歡，含情欲待誰？

〔註19〕

劉楨《公讌詩》：

永日行遊戲，歡樂猶未央。遺思在玄夜，相與復翱翔。……
生平未始聞，歌之安能詳。投翰長歎息，綺麗不可忘。〔註20〕

曹丕《於玄武陂作》：

兄弟共行遊，驅車出西城。……忘憂共容與，暢此千秋情。

〔註21〕

曹植《野田黃雀行》：

置酒高殿上，親友從我遊。中廚辦豐膳，烹羊宰肥牛。秦箏
何慷慨，齊瑟和且柔。……盛時不可再，百年忽我遒。生存
華屋處，零落歸山丘。先民誰不死，知命復何憂。〔註22〕

雖然，從引述之詩可看出宴飲空間作為一個聚會場合，可以拉近友朋
彼此間的情感，宴飲間歡樂而從容的氛圍，更可使彼此在情緒放鬆中
達到短暫消解生命時間掙扎於現實當中的不舒適，透過沉緬於聲色感
官的享受，去尋求及時行樂的自我調適，這種及時的思維，不僅是即
時性的，還帶著一種向自然時間爭取更多可能的意味，從詩中我們看
見的關於詩人所運用的詞彙，去形容情感狀態的，不外乎是「歡」、
「快」、「舒」、「暢」、「樂」、「和」、「柔」、「踴躍」、「逍遙」、「慷慨」、
「忘憂」等話語，這其中所傳遞的有關訊息則呈現出「不快情緒之內
在滌除」與「熱烈狂放的外在發洩」兩者互構並存的訊息，並且也透
過忘卻並沉溺在感官中去達到暫時對死亡恐懼的消解，這種種的可能
性都可以透過他們宴飲時「及時行樂」的「溺時」式的「惜時」思維，
去做另一種探索生命困頓後的情緒消解。雖然，在充分的享樂之後，

89～94。
〔註19〕引書同註4，頁360。
〔註20〕引書同註4，頁369。
〔註21〕引書同註4，頁400。
〔註22〕引書同註4，頁425。

大多數的生命時間還是必須面對現實生活，這時的反省相對於宴飲時的歡樂氣氛，所呈現出的心靈對照，給予他們的衝擊，透過空虛後的焦慮，更加的清晰並且使人感到更加的沉重，雖然曹植欲用「知命」的思緒來消解傷逝的情緒，卻仍無法擺脫光景西流的迅速與不可捉摸，那種對於生命凋零的悲哀。在曹丕《善哉行》裡「樂極哀情來，寥亮摧肝心」〔註23〕宴飲後的極度空虛的相互對應，實可作爲此時文士宴飲後心靈狀態的某種寫照。

游仙之作 ——→ 虛擬時空 ——→ 主體於想像時空裡的情緒寄託

自然山水之作 ——→ 現世時空 ——→ 主體消融於有情天地與自然客體中

宴飲之作 ——→ 當下時空 ——→ 主體溺時後的忘卻情緒 ⟨ 不快情緒的內在滌除

熱情狂放的外在發洩

〔註23〕引書同註4，頁393。

第貳部份：惜時典型之觀察

第一章　建安七子內化的傷逝悲感

第一節　義界問題

　　七子之稱實始自曹丕《典論‧論文》，〔註1〕然而鄴中宴集的詩作獨缺孔融；而曹植《與楊德祖書》裡言「今世作者」，〔註2〕舉王粲、陳琳、徐幹、劉楨、應瑒、楊修等六人，缺載孔融、阮瑀兩人；而曹丕《與吳質書》〔註3〕緬懷故友的零落，則提到六子，亦闕漏孔融一人，雖然多數學者與本文仍從曹丕舊說為範，但此處仍需加以辨析。畢竟亦有學者從文學史方法的角度提出對於七子的異議：

〔註1〕　曹丕《典論‧論文》：「今之文人，魯國孔融文舉、廣陵陳琳孔璋、山陽王粲仲宣、北海徐幹偉長、陳留阮瑀元瑜、汝男應瑒德璉、東平劉楨公幹，斯七子者，於學無所遺，於辭無所假……」註引《三曹集》，頁177，岳麓書社，1992.10。

〔註2〕　曹植《與楊德祖書》：「僕少小好為文章，迄至於今二十有五年矣。然今世作者，可略而言也。昔仲宣獨步於漢南，孔璋鷹揚於河朔，偉長擅名於青土，公幹振藻於海隅，德璉發跡於北魏，足下高視於上京……」引書同上，頁283。

〔註3〕　曹丕《與吳質書》：「……而偉長獨懷文抱質，恬淡寡欲，有箕山之志，可謂彬彬君子者矣……德璉常斐然有述作之意，其才學足以著書，美志不遂，良可痛惜。……孔璋章表殊健，微為繁複。公幹有逸氣，但未遒耳……元瑜書記翩翩，致足樂也。仲宣續自善於辭賦，惜其體弱，不足起其文……」引書同上，頁160。

比如，孔融不應列入建安七子的行列中，不僅是因爲他的
年輩高於王、徐、應、劉，也不僅因爲他並不屬於禮貌英
俊的二公子曹丕、曹植的文學圈子，更重要的還在於他在
政治上是反對曹操的。然而，曹丕在他的《典論·論文》
中，歷數「今之文人」——其實僅是曹氏統治圈中的文人
時，首列孔融，並以斯七子者一語相概括。曹丕此語並非
《典論·論文》的要旨，其論重在規勸文人應致力於翰墨
篇籍，以使聲名自傳於後，並說明文非一體人各有善，勿
文人相輕。這一論旨自然是正確的，沾漑了歷代文士。七
子的歸納在他來說，有著個人喜好的因素……。曹丕作出
這一歸納後，不僅文學史上建安七子這一概念，經過代代
認同以後無法動搖，而且就中國文學史而言，這一用數字
表達出一個文學集群的做法，還滋生出一個悠長的景
觀……〔註4〕

有關七子的歸納爲後代多數學者的遵循，而如此的框架經過歷代的承
認而得以定型，而此處所引的說法雖不無道理，但要以此來推翻舊說
似乎又缺乏明顯的直接確證，筆者以下先列出建安七子的生卒年〔註5〕
來作爲辨正的基礎：

姓名	推 測 出 生 年	推 測 死 亡 年	死 因
孔融	漢桓帝永興元年（153）	漢獻帝建安十三年（208）	爲曹操殺
陳琳	漢桓帝永壽三年（157）	漢獻帝建安二十二年（217）	疫癘
阮瑀	漢桓帝永康元年（167）	漢獻帝建安十七年（212）	
徐幹	漢靈帝建寧四年（171）	漢獻帝建安二十三年（218）	疫癘
劉禎	漢靈帝熹平四年（175）	漢獻帝建安二十二年（217）	疫癘
應瑒	漢靈帝熹平四年（175）	漢獻帝建安二十二年（217）	疫癘
王粲	漢靈帝熹平六年（177）	漢獻帝建安二十二年（217）	疫癘

　　曹丕《典論·論文》作於七子盡逝後次年，可說是對於故友的緬

〔註4〕引自王鍾陵著《文學史新方法論》，蘇州大學出版社，頁224，1993.8。
〔註5〕本表據〈建安七子年譜〉，引自《建安七子集》，俞紹初輯校，文史
　　　哲出版社，民79.4。

懷與評論，七子之名的提出雖說是蓋棺論定，但實際上也提出了一個觀察的文學史場域。而鄴中宴集裡未列孔融，實源於孔融早逝於此宴之前，無法列入所致。曹植未提及孔、王二人之因，亦應同上。而曹丕《與吳質書》裡未列孔融，亦不足以推翻其《典論·論文》裡七子之說，並且孔融並非自始就以反對曹操作為政治立場，建安元年時，孔融被曹操徵為將作大匠時，所作之六言詩三首，〔註6〕可見其與曹操之關係是為故舊，並對曹操的功業多所讚許，其政治立場之迥異當在建安九年上書請準古王畿制，受到曹操疑忌之故。當然曹丕所謂的七子，甚有可能是一概括性的說法，用意為提倡文學，鼓勵文士致力於篇籍撰述，但此說既已成為後世研究的定論，多數評論亦以舊說作為義界論述，所以本文仍從廣泛為學者所接受的舊說來義界建安七子，作為討論的角度。

第二節　生命流寓的現實思考

在這裡我們必須提出的是馬斯洛的分析架構，他將人類的生命需求劃成五個不同的層次，呈現三角形的形狀。在三角形的底層是生理的需要，意指維持生命機能運轉與本能層次的需求，如飢餓、渴、性慾等等；第二層則是安全的需求，是指外在需要的生存安全；第三層指涉的則是歸屬與愛的需要，這是內在的安全感，已涉入了情感的層次；第四層則是自尊的需求，此是內在與外在互構的一個開端；金字塔的最頂層是關於自我實現的需要，這是指內在理想是否能夠在這個外在環境中得到實踐的問題。這個關於人類生命需求的分析架構，在說明人類的需求是由金字塔的底層向頂層遞進，然而並非是每種需要

〔註6〕孔融〈六言詩三首〉確為一民生寫實之作，把喪亂的情景以寫實的筆法娓娓道來，情景歷歷在目，其末二句「夢想曹公歸來」、其三「從洛到許巍巍，曹公憂國無私。減去廚膳甘肥，群僚率從祁祁。雖得俸祿常飢，念我苦寒心悲」，可說是對曹操懷有故舊感恩之情。此詩引自《先秦漢魏南北朝詩》，逯欽立輯校，木鐸出版社，頁197。

都能夠得到滿足，當滿足的可能性受阻時，就會產生因爲相應於自我實現未達滿足的內在衝突等情緒，所以筆者寧願把它當作立體的同心圓結構處理，如此一來，彼此間的互涉便有了交集，就可以修正馬斯洛遞進式所產生的單向思維。那麼筆者運用此結構再次思考本文所欲討論的論題時，便不難發現三曹時代的士人因上述五種需求彼此之間的無法實現與關聯，所以產生了生命的失落感，這種失落感最終的價值歸趨便會在此同心圓核心的自我實現的需求上。

先援引王粲〈七哀詩三首〉之一：

西京亂無象，豺虎方遘患。復棄中國去，遠身適荊蠻。親戚對我悲，朋友相追攀。出門無所見，白骨蔽平原。路有飢婦人，抱子棄草間。顧聞號泣聲，揮涕獨不還。未知身死處，何能兩相完。驅馬棄之去，不忍聽此言。南登霸陵岸，回首望長安。悟彼下泉人，喟然傷心肝。〔註7〕

此詩勾勒了一個喪亂相尋的社會圖像，人的生命在此時並沒有任何保障，連最基本的維持生命機制運轉與安全兩項需求都無法得到保證，王粲眼見如此的現實狀態，在詩裡呈現出社會殘破敗壞的圖景，「白骨蔽平原」的宏觀視角特寫，把當時因戰爭引起的飢饉等等對人民的消耗勾勒的景象令人驚駭，而「路有飢婦人，抱子棄草間」的舉例，透過王粲不假雕飾的白描抒寫，把生活在喪亂裡人民朝不保夕如螻蟻般的生命狀態如實道來，王粲也是流寓民眾裡的一分子，當時他打算離開殘破的長安前往荊州依附劉表，在流寓途中親眼得見禍難後的殘酷現實，並對照自身即將流徙各處、尋求庇護，這種無根的飄零，使得王粲擔憂自己的生命也將在某個不知名的地點劃下沉重的句號，他揮涕棄婦人孺子而去，並非殘酷的表現，而是內心悲憤後的自我成全，而透過長安和荊州的距離，把悲悽的傷逝情感在時空的向度上鉤掘得更加深沉痛苦，自家鄉流寓在外的失落與傷痛，對照於社會的寥落殘破，把此詩賦予了社會寫實的詩史意義，而個人的生命在此

〔註7〕引書同註6，頁365～366。

透過流寓能夠完成避禍的可能，當然，這種憂生的感嘆也內蘊成爲詩人心靈裡的惜時思維。

　　徐幹〈室思詩六首〉之一、之三：

沉陰結愁憂，愁憂爲誰興？念與君相別，各在天一方。良會未有期中，中心摧且傷。不聊憂飡食，慊慊常飢空。端坐而無爲，髣髴君容光。〔註8〕

浮雲何洋洋，願因通吾辭。飄颻不可寄，徙倚徒相思。人離皆附會，君獨無還期。自君之出矣，明鏡暗不治。思君如流水，何有窮已時。〔註9〕

　　應瑒〈別詩二首〉之二：

浩浩長河水，九折東北流。星夜赴滄海，海流亦何抽。遠適萬里道，歸來未有由。臨河累太息，五內懷傷憂。〔註10〕

別離已是悲哀之事，然相會無期卻使得別離蒙上了無法測度的塵埃，徐幹原想以雲朵的飄移去寄託別離之思，並傳遞思念於無法相見的對方，這亦如應瑒所用來象徵的長河般，思念萬里傳遞卻因爲對象客體的失去而只能不斷地累積綿長不覺的歎息。表面上看來這是有關於思念的抒寫，然而思念的造成在於別離，思念的累積正是因爲時間，別離的造成或許是由於喪亂，時間的流逝卻讓人對於相見的可能性更加的懷疑與擔憂，詩人的心靈裡雖然希望能夠消解因傷逝而導致的悲情，但相見之遙遙無期卻又使得詩人無法釋懷，反而使得因生命時間傷逝而造成對友朋的思念更加濃烈，「五內懷傷憂」的痛苦仍然縈繞在此時文士的心中不能散去，畢竟喪亂的現實已在記憶裡沉澱、累積，因爲喪亂而產生的親友別離使得人們心中已然烙下印記，這種澱積伴隨著文士們的流寓經驗，的確構成建安文士傷逝悲感的內在思維結構。

　　其實在七子前期的作品裡，多數所呈現的是生命流寓、現實殘破的社會圖像，無論是透過何種敘事角度抒寫，多半都呈現出一個令人

〔註 8〕 引書同註6，頁376～377。
〔註 9〕 引書註同上。
〔註 10〕 引書同註6，頁383。

驚怖的殘酷景象，但他們因親身體驗這種生命禍亂的相尋，所以普遍地呈現出遷逝悲感，而這種因歲月迅速消逝，但生命不斷流寓各地的思維交織，便形成了他們在未歸曹操之前的抒寫模式，不但反映出歷史事實，也把飽經亂離的個人悲痛與惜時理想，透過詩文的完成，對於生命能量作相續的反芻與探測。

姓　名	歸　曹　操　之　推　測　年
孔融	漢獻帝建安元年（196）
阮瑀	原於曹操處
劉楨	建安初來許都，原於曹操處
陳琳	漢獻帝建安十年（205）
應瑒	曾預官渡之役（建安五年－220），於曹操處當不晚於此年
徐幹	漢獻帝建安十二年（207）
王粲	漢獻帝建安十三年（208）

　　從史書與年譜的整理，當不難發現七子多有經過建安前的長安喪亂而帶有流寓經驗，這種「流寓經驗」在內化後，便澱積成「寄寓情懷」的發抒，使得他們對於生命時間有著相當敏感的抒寫思維，也對於生命過程的艱難有著深切的體認，所以普遍遷逝悲感的產生並不是突然的，而導源於禍亂相尋的現實以及個人生命經驗而交織的，「任何真正的流亡者都會證實，一旦離開自己的家園，不管最後落腳何方，都無法只是單純的接受人生。……在這種努力中也很侷促不安……流亡意味著將永遠成爲邊緣人……仍可能具有移民或放逐者的思維方式……」，〔註11〕的確對於七子以長安作爲「中國」的象徵，荊州之地自然便被當作邊緣而稱爲「荊蠻」，流寓各處不只成爲離開生命成長的核心，更代表了被剝奪了空間安定的權利，成爲無根的邊緣者，當流寓經驗建築在因爲喪亂而被迫離開成長空間時，相對地時間經驗就將沉澱在意識裡成爲敏感的對象物，對於過去的喪亂經驗，

〔註11〕薩依德（Edward W.Said）著，單德興譯，《知識分子論》，麥田出版，1997，頁99～101。

在生活不再流亡的狀態下，反而沉澱為屬於歷史性的記憶，流寓經驗在此便轉化成為寄寓情懷，傷逝悲感深化成「苦時」的感嘆或許便可以此說明。

　　表面上是因為政治因素迫使他們回歸曹操統治的北地中原，但實際上卻可以使他們得到生命飄零的解脫，流寓經驗也在此轉化成為意識底層的隱性記憶，亦即是前述所言的寄寓思維，苦悶的詠嘆平常於積極的追尋，這也可以說明他們在赤壁後多半創作的是宴飲詩的緣故。〔註12〕當然，「鄴下詩人的人生觀，從主導方向來說仍然是充滿理想的，並且也是關注現實的……」。〔註13〕雖然，關於傷逝悲感的抒發不再透過喪亂的寫實呈現，而進入了哲學式思維與個人內在心靈矛盾的消解層面。

第三節　生命時間意識的浩歎

　　孔融《雜詩二首之一》：

　　人生有何常，但患年歲暮。幸託不肖軀，且當猛虎步。安能苦一身，與世同舉厝。〔註14〕

　　陳琳《遊覽二首之二》：

　　騁哉日月逝，年命將西傾。建功不及時，鐘鼎何所名。〔註15〕

〔註12〕梅家玲認為「求名之士，若無法受到政權的肯定，則必另尋特定團體的認可，方得有其安身立命之道。而對於多數的建安文人來說，他們皆飽受兵燹流離之苦……其所冀盼者，就是在一定的社會體制之內以建功樹德、立業揚名，並受到政權的肯定與保障。……」當流寓經驗因為回歸而內化時，他們面對時局世事，便產生了有為之用心，傷逝悲感在所依附政權的障蔽下，消解的方式不再只是直接的情緒抒發，而導向了「立德垂功名」、「庶幾奮薄身」的「乘時」思維。請參〈論建安贈答詩及其在贈答傳統中的意義〉，頁181～183，梅家玲著，收錄於《漢魏六朝文學新論——擬代與贈答篇》，里仁書局，民86.4.15。

〔註13〕引自錢志熙《魏晉詩歌藝術原論》，北京大學出版社，頁154，1993.1。

〔註14〕引自《建安七子集》，俞紹初輯校，文史哲出版社，頁2，民79.4。

〔註15〕引書同註6，頁368。

徐幹《於清河見挽船士新婚與妻別詩》：

　　不悲身遷移，但惜歲月馳。歲月無窮極，會合安可知。〔註16〕

阮瑀《七哀詩》：

　　丁年難再遇，富貴不重來。生時忽一過，身體爲土灰。〔註17〕

劉禎《贈五官中郎將四首之二》：

　　逝者如流水，哀此遂離分。〔註18〕

在三曹文士的詩歌當中，「傷逝悲感」顯然成爲重要的母題之一，透過「惜時」主題的抒寫，以各種不同的題材與面向去抒發這種悲感，並產生可能去消解此悲感的沉澱，探究生命的本質，這成爲自建安以來詩人寫作的一個重要部分。詩人透過自然時間與生命時間相對性的比較，深覺人生無常，年歲卻倏忽而逝，而自然時間的無窮無極，更相對讓詩人浩嘆生命時間的飄忽易逝，詩人承續「逝者如斯夫，不捨晝夜」的感慨，卻暫時擺落了孔子對宇宙的宏觀思考，反而向內透過對生命時間不斷奔馳的探尋，發出哀傷的聲響，雖然兩者間的本質似乎都是要返回「惜時」的思考層次，但在個體意識形成之時與當時文化社會所附加的雙向影響下，他們更多的要面對的是自我情感的處理與詮釋，與自我生命的不斷探索和開發，他們透過各類型人格生命氣質的展現，反映在作品當中作各種模式的思考。

　　惜時主題的根源在於消釋、抵拒「傷逝悲感」，傷逝在詩歌惜時主題上的展現，就是要透過對於四時的流轉，生命的瞬時變化與遷逝，來抒發詩人對於生命意識的內省，與生命意義的關懷，並且透過抒寫來回應生命內核的價值判準，以尋找一條自我安頓的道路。《文心雕龍·時序》：「自漢帝播遷，文學蓬轉，建安之末，區宇方輯。魏武以相王之尊，雅愛詩章；文帝以副君之重，妙善辭賦；陳思以公子之豪，下筆琳琅……觀其詩文，雅好慷慨，良由世積亂離，風衰俗怨，

〔註16〕引書同註6，頁378。

〔註17〕同註6，頁380。

〔註18〕同註6，頁370。

並志深而筆長，故梗概而多氣也。」；〔註19〕〈明詩〉則云：「暨建安之初，五言騰踊，文帝陳思，縱轡以騁節；王徐應劉，望路而爭驅；並憐風月，狎池苑，述恩榮，敘酣宴，慷慨以任氣，磊落以使才，造懷指事，不求纖密之巧；驅辭逐貌，唯取昭晰之能，此其所同也。」〔註20〕前者是透過社會的角度切入去觀察集體存在的潛意識文化思維，認為因為社會的離亂，導致文化意識產生了對應的內在思考，在文學表現上所呈顯的則是文人不斷向自身心靈深處去鉤掘探索，去蘊積比前行代更為深沉的力量。後者則從時文所發生的現象言，並以此去反映時文所展示的共同特色。其中值得注意的是「志深而筆長，梗概而多氣」與「慷慨以任氣，磊落以使才」的對應，可以看出詩人受到社會文化的影響在這個時代是非常激烈的，殘破的社會景象和個人傷逝悲感的雙重焦慮，便透過文字加以抒寫，去展開自身生活的各種掙扎與痛苦，並反映出當時的殘酷現實。

　　「傷逝悲感」的確是此時文人所共同集中體現的主題意識，這種面對流離的失群感與孤獨感深深地桎梏著文人的心靈，感情的勃發與表現張力在此時更加的曲折沉鬱，惜時思維在傷逝的母題裡於此時得到了較大的發展。我們從上述所引之詩來觀察當時士人面對生命的焦慮，以及其所尋求的紓解管道，這種切入的角度雖然無法完全概括各種現象，卻不難發現一些令人感動的情態。

　　建安文人所超越於《古詩十九首》的正是在於他們對於生命的感受透過個體意識的覺醒已然更加的深沉與內蘊，筆者曾於《雙子星人文詩刊》第四期裡提出了一個詩文創作三層次的思維，也就是生活、生命、生存的立體同心圓模式，即是在創作中作家實際上是透過對於生活內容的反省與結晶，得以「外之」地觀察，以消解或冷卻內心面對世事紛雜的痛苦與折磨，然而作家似乎不應只是耽溺在生活的書寫

〔註19〕引自〔南朝梁〕劉勰著，詹瑛義證，《文心雕龍義證》，上海古籍出版社，1989.8，頁1687～1694。
〔註20〕同上註，頁196。

裡，更應該對生命過程作各個階段的反省，去完成對於生命的思考，體認到生命的流轉是一進程（approach），這已經步入了思想系統的初層次表述，但僅此純粹停留在個人的內在思維上。當然，作家可以再深入地透過對於宇宙以及其他生命的互動，去達成較高層次的哲思，這就是生存的抒寫，就是世界觀，就是存在的價值與意義，這個立體同心圓模式在形式上是範疇的不同，而結構以及思維上則是感受層次的定位，一個以核心（生活）作抒寫重心的文人，並非不能達到生存抒寫的可能，一個抒寫生存思維文人必然包蘊著他對生活的豐富感受，而建安文人在筆者所提出的模式檢視之下，已然有了因爲對社會文化的深切反省後的相異於前行代的完成與開創。

透過對「傷逝悲感」所延伸的「惜時」主題的討論，似乎我們可以發現建安文人普遍呈現出的生命意識，是一種「勇於面對現實，對人生諸現象採取積極參與的態度」，〔註21〕當然他們也是「善於把握短暫人生，及時行樂的現世主義者」，〔註22〕以筆者所提出的立體同心圓結構模式作爲一個策略來分析本章所援引的作品，在這些篇什當中，建安士人首先從自身在當下時間的思維出發，去思索筆者在前章第二節所言及的各種衝突，而大多集中在消解生命時間與自然時間之間的矛盾，對於自然時間的無窮有變，日月季節的遞嬗流轉，浩翰時空的渺無邊際作爲思考的起點，去對照個體生命的短暫易逝，在對照中矛盾與衝突便即時地在當下時間內顯現這種對應也正是因建安士人害怕身沒之後功名未彰，對他們來說生命雖然短暫，然而生命延續的另一種方式則是透過鍾鼎記名去傳揚後世；又他們面對社會文化的崩毀，當新的質變尚未來臨時，對於文化結構的困惑，以及文人蘊藉其內的儒學性格，驅動著他們賦予自己經世濟民、建功立業的任務。這種「與世同舉厝」，建功應該即時的「乘時」思維，透過當下時間

〔註21〕引自〈蓬萊文章建安骨——試論中世紀詩壇風骨之式微與復興〉，頁14，收錄於《中古文學論叢》，林文月著，大安出版社，民78.6。
〔註22〕同前註，頁19。

的瞬間省思去消解生命面對自然的無奈與無助。〔註23〕當然，在筆者所言的立體結構裡，這仍然著重於對自我生活通向生命思維的基礎關懷。

其實，自然時間與生命時間發生衝突時，當下時間意識到「生命短促」的感覺便襲之而來，自然時序的遷移、時間的迅速流逝，對敏感的士人來說是特別地能夠激動心靈的，阮瑀的〈老人詩〉頗能道出箇中的掙扎與思考：

　　白髮隨櫛墮，未寒思厚衣。四肢亦懈倦，行步益疏遲。常
　　恐時歲盡，魂魄忽高飛。自知百年後，堂上生旅葵。〔註24〕

阮瑀在此詩裡對於時間無情的流逝，而生命逐漸接近終點以至於死

〔註23〕建安期的文人多半懷有經世濟民、著述已傳後世之心，這種群體價值氛圍的形成，或許是受到曹氏父子控制 state 系統，並主導鄴下文學思維走向的緣故，曹操所懷經略天下的企圖，透過其詩文的公告，形成了選人用才的標準之一，而三曹文士在整體文化意識的影響與觀照下，亦多懷濟世之志，他們的流寓經驗在陸續進入北地曹氏政體後，也內化成為隱性的價值思考，彼此群體的認同更建築在宴遊與詩文互構當中，而此乘時思維便開始擺盪於理想與現實之間。理想中，文士均有睥睨的青雲之志，但現實上因為才性的限制，除詩文的表現之外，無法成為真正的治國用兵之才，對於鄴下文士而言，此並非所長。所以此時雖然流寓經驗已經內化，卻帶來的是理想與現實間的矛盾與痛苦糾結。而曹丕的《典論·論文》認為「文章經國之大業，不朽之盛事」似乎也正是在說明建功立業並非透過所謂的治國用兵，文章傳世也是另一種乘時的思考，這數種惜時的方式實際上應因才適性，依據不同的才性去選擇消解傷逝悲感的方法，沒有孰優孰劣的問題，而《典論·論文》的另一價值也可以透過此處來觀察。另可參〈論建安贈答詩及其在贈答傳統中的意義〉，頁 185～186，梅家玲著，收錄於《漢魏六朝文學新論——擬代與贈答篇》，里仁書局，民 86.4.15。

〔註24〕引書同註6，頁 381。

亡而感到侷促與不安，白髮的墜落，使得他的心靈受到了極度的震
撼，所以便感到了生命是如此的單薄而無力，自身生理上因爲年華
的老去，亦產生相對的衰敗，這種對於生命短促的憂懼，在作者的
心中形成了驚恐的感覺，擔憂突如其來的死亡、凋零，但這種凋零
在詩人的心中自知是無法避免的，「人生天地之間，如白駒過隙，忽
然而已。」﹝註25﹞便已提出了這個生命時間與自然時間衝突的思維
命題，詩人總是因爲敏感的心靈對於生命的易逝感到焦慮與不安，
憂慮百年之後身歿而名不存，屈原的喟嘆在此時代不斷的重現在士
人的作品當中，無論是「老冉冉其將至兮，恐修名之不立」﹝註26﹞
的惜時憂懼，抑或是「唯天地之無窮兮，哀人生之長勤。往者吾弗
及兮，來者無不聞」﹝註27﹞之今昔對照後的搖頭喟嘆，都在在呈現
出此時士人對於生命時間與自然時間衝突後所產生的「生命短促感」
有著極深切的思維與感受，正如上述所引的作品一般，都呈現出個
體意識高度自覺後產生的傷逝悲感，這的確是此時代士人普遍性對
於生命內在價值的探索與理解的方式之一。

　　其次，當個體的生命時間在對應於社會時間之時產生了衝突，即
是與家庭、社會、文化、政治等整個社會龐大的機制產生對立與抵拒
時，這種憤懣與不平，透過士人「生命壓抑」的感受而迸發出來的。
衝突的產生緣由的確是來自多方面，本文中著力於討論的曹植便是面
對著家庭與政治的雙重互構的壓力，導致他的生命本體必須透過壓抑
去從縫隙中求得一己情感之紓解，士人在此時如果產生了此類型的衝
突時，已然是受到了第二重的緊縛，不僅是要承受時間易逝的自然侵
蝕，亦要去忍耐客觀環境所給予個人生命的壓抑與無情的打擊，這種
雙重的壓力使得此時許多士人的生命本體受到了極度的摧殘，也令他

﹝註25﹞《莊子・知北遊》。
﹝註26﹞屈原《離騷》。引自姜亮夫編撰《重訂屈原賦校注》，天津古籍出版
　　　　社，1987.3，頁25。
﹝註27﹞屈原《遠遊》。引書同前註，頁557。

們在無法實現惜時的外王理想之後，轉向於另一種隱性的自我價值的保存，隱逸與放達的思維的流洩，在某個程度上是去消解這種「生命壓抑感」所給予的精神痛苦與折磨，這樣子的內在衝突在本文所引的詩文中，亦有許多的呈現。當然，我們不妨再援引劉楨與孔融詩篇的部分對照來作一個註腳：

劉楨《贈徐幹》：

誰謂相去遠，隔此西掖垣。拘限清切禁，中情無由宣。思子沉心曲，長歎不能言。起坐失次第，一日三四遷。步出北寺門，遙望西苑園。細柳夾道生，方塘含清源。輕葉隨風轉，飛鳥何翩翩。乖人易感動，涕下與衿連。仰視白日光，皦皦高且懸。兼燭八紘內，物類無頗偏。我獨抱深感，不得與比焉。〔註28〕

孔融《臨終詩》：

言多令事敗，器漏苦不密。河潰蟻孔端，山壞由猿穴。涓涓江漢流，天窗通冥室。讒邪害公正，浮雲翳白日。靡辭無忠誠，華繁竟不實。人有兩三心，安能合爲一？三人成市虎，浸漬解膠漆。生存多所慮，長寢萬事畢。〔註29〕

劉楨與孔融雖然對於曹操懷有不同的政治理想，然而他們內心裡與社會政治所產生的衝突均是起於其不遇與不平的仕途，理想在生命的過程中無法實現而受阻，劉楨透過對於友人的思念去寄託其憤懣的情緒；孔融則在臨終受刑之前，毀恨於自己言多必失，並且怨忿於自身忠於漢室的心靈不被理解，反而遭到有心人的曲解與構陷，雖然兩首詩所呈現的本事不同，然而他們卻都是因爲個體人格與意識受到社會政治的壓抑後，產生了生命壓抑感，從作品當中透顯他們內心的焦慮與怨怒，這在當時三曹時代的士人當中，亦是較爲普遍地存在於某些不遇的文人當中。如無法對生命坐內在自覺的消解，這種鬱積的糾纏就會環繞於心中糾結成爲一個生命內在的陰影。

〔註28〕引書同註6，頁370～371。
〔註29〕引書同註6，頁197。

　　當然，「惜時」在建安士人的思維裡似乎也不限於停留在同心圓的裡層範疇中，他們除了認識到「生時」稍縱即逝的短暫外，也涉及到「個體價值 v.s.自然客體」對應與解決的問題，當然他們更深入地直接去掌握自然時間，「逝者如流水」的思考除了可以觀照孔子「逝者如斯夫」的深意外，更包孕當時的時代意義，這是劉楨對於「生存」總體式的思考，似乎是一種形上的哲學思維，水的運行是永恆流動的，人類生命的交替也是如此，然而水是自然界裡的物質，無論各種生命如何交替呈現，水依然變動不居，這種雙層的內蘊思維的確觸及了「生存外圈」的層次，此對照也使得文人對於生命的思維提升至哲學的層次。

　　王瑤曾言：

　　　　我們念魏晉人的詩，感到最普遍深刻的，能激動人心的，
　　　　便是那在詩中充滿了時光飄忽和人生短促的思想與情感。

〔註30〕

其實一個時代的詩歌氣象，除了奠基在此時代整體性的文化思維基礎上之外，在特定的時代裡，作品往往也會呈現出整體的文化意識與風貌，縱使是透過不同的作家群體與個人，雖然他們或許是因某特定因素而結合，或是文人本身的生命歷程互有相異，但似乎或多或少地都會受到政體文化意識的影響，而產生了整體的文化風貌與時代特徵。我們不但可以從史傳的查考去發現時代的風貌，當然也必須從當時作家的文學作品裡去觀察文化的脈動，在前述我們透過不同向度的論述，正是要說明「傷逝悲感」已然成爲魏晉以來文學母題的主潮之一，而惜時主題往往又是一個抒寫此母題的方式，畢竟「傷逝」與時間的流逝、空間的遞換，有著深刻且密切的聯繫，我們透過對於惜時主題的研究，再反歸到傷逝母題在魏晉以後斷代質變的討論，其實有助於我們對於魏晉南北朝整體文化意識的重新認識與思考。

〔註30〕　王瑤著《中古文學史論》，北京大學，1986，頁 132。

第二章　曹操詩歌裡的生命憂思

《文心雕龍‧時序》：

> 觀其時文，雅好慷慨，良由世積亂離，風衰俗怨，並志深
> 而筆長，故梗概而多氣。〔註1〕

詩歌表現的是詩人內在的深層心態，不僅是包含詩人對文化、社會、政治的深切體會，與觀察之後的感情與回應，這也是研究者研究該詩人思想、人格、作品內核的首要資料來源。放大來說，透過研究同時期不同詩人的詩文，我們可以深刻探索一時期之內整體性的基本文化精神，保羅‧韋納曾言：「分析一種心態就是分析一種集體性，一種心態不僅是指眾多個人在想同樣的東西這一現象，在他們中的每一個人身上，這種思想都以不同的方式打有『其他人也在想同樣的東西』這樣一種印記。」。〔註2〕所以筆者所引《文心雕龍‧明詩》正是說明透過劉勰的觀察，去指出曹魏時詩文的特色是由於當時社會文化之不穩定，結構隨時有崩解的可能，所以詩人的「志」已經返歸到個人心靈的內在探索，這種探索是因為理想受到現實的打擊，和現實之間產生強烈的衝突，這是一種因世積亂離而產生「人生悲感」的傷逝情懷，使得文人在精神方面的深度也逐漸成熟，脫離了漢代儒學的思維，向

〔註1〕 引自〔南朝梁〕劉勰著，詹瑛義證，《文心雕龍義證》，上海古籍出版社，1989.8，頁1687～1694。

〔註2〕 引自《概念化史學》，見《新史學》，頁97，上海譯文出版社，姚崇編譯，1989年版。

原始儒學的精神回歸，對於政治與文化有著雙重的使命與追求。然而，又因爲政治上的壓抑，使得文人的內在精神上受到困擾與矛盾，有些詩人就把關懷點轉移到文化價值的探索，與文化精神保存的方向上，去實現自我的理想。在當時文士的生命內核裡，常常必須面對精神的掙扎與矛盾，屢次辯證後的消解路徑，惜時主題的回歸，就是一種確定存在的方式。

第一節　生命情調的萌發

　　曹操出生於宦官家庭，家世相對於袁紹等人作爲豪族或世家大族，社會名聲較爲低落，的確受到士族名流之輕視，〔註3〕所以自幼時曹操便思索著社會地位的改變，並且能夠建功立業爲世人所知。〔註4〕又自東漢末葉以來，清議是一個可以樹立社會名聲的捷徑，透過被當時著名品評人物的知人者的評鑑，或許就有可能傳揚流遠自己的名聲，在那個時代當中，名士作爲具社會基礎的異議分子，的確可以透

〔註3〕　《述志令》裡，曹操對自身的情況做了一個連結當時社會集體思維的判斷，他認爲「自以本非巖穴知名之士，恐非海內人知所見凡愚」。陳琳作《爲袁紹檄豫州》也以譏刺的口吻說他是「贅閹遺醜」，相對於袁紹家世四世三公，門生故吏遍天下，曹操必須利用自身的雄心才智能改變當時的狀況。所以曹操少年時便積極尋求名士的賞鑑，以便於獲取社會的名聲。

〔註4〕　曹操《述志令》（一作讓縣自明本志令）：「孤始舉孝廉，年少，自以本非巖穴知名之士，恐爲海內人之所見凡愚，欲爲一郡守，好作政教以建立名譽，使世士明知之。……設使國家無有孤，不知當幾人稱帝，幾人稱王……齊桓、晉文以垂稱今日者，以其兵勢廣大，由能侍奉周室也……。」，曹操此言除有上述所討論的涵義外，實際上也透露出本文所論及的訊息，即是曹操的內在思維，仍是欲透過齊桓、晉文之事，冀能在後代留下周公之名，此種思維是其思維的一個重要組成部分，也實際反映在他政治作爲之上。所以，實際上曹操尚刑名、屬法禁、網羅文士等做法，目的雖不在於改變文風，然而卻使文風獲得較大的變化。引自《三曹集》，岳麓書社，頁9，1992.10。又，請參〈八代文風與曹操〉，郭預衡著，收錄於《光明日報》1984年2月28日。〈略論曹操的詩歌風格〉，何世盛著，收錄於《許昌師專學報》1987年第2期。

過他們的品評去提拔一些具有才能而家世未顯的士人，這種清議品評
也正是上述魏晉時其人物品評完成的開端，而這種輿論的造成也正是
社會地位得以重塑的來源，筆者徵引當時品評曹操的文獻來觀察曹操
少年時期所已萌發的生命情調：

初，曹操微時，人莫知者。嘗往候玄，玄見而異焉，謂曰：
「今天下將亂，安生民者其在君乎！」〔註5〕

吾見天下名士多矣，未有若君者也！君善自持，吾老矣！
願以妻子爲托。〔註6〕

《世說新語·識鑒》載喬玄：

曹公少時見橋玄，玄謂曰：天下方亂，群雄虎爭，撥而理
之，非君乎？然君實亂世之英雄，治世之奸賊。恨吾老矣，
不見君富貴，當以子孫相累。〔註7〕

初，顒見曹操，歎曰：「漢家將亡，安天下必此人也。」〔註8〕

許劭曰：

君清平之奸賊，亂世之英雄。〔註9〕

上述的引據我們不難發覺，在這些好論鄉黨人物的名士眼裡，曹操仍
然是屬於較爲特異的人才，曹操也深知被品定的重要性，所以在此情
形下，曹操在通往仕途的過程裡便完成了輿論的基礎，這對於宦官家

〔註5〕 《後漢書·橋玄傳》，引書版本同《後漢書·黨錮列傳》：「逮桓、靈
之間，主荒政謬，國命委於閹寺，士子羞於爲伍，故匹夫抗憤，處士
橫議。遂乃激揚名聲，互相題拂，品覈公卿，裁量執政，婞直之風，
於斯行矣。」引書版本爲〔宋〕范曄撰、〔唐〕李賢等注，二十四史
點校本《後漢書》，北京中華書局，1965.5 一版，1987.10 四刷，頁 1696。

〔註6〕 《三國志·魏書·武帝紀》注引《魏書》。引書版本同《三國志·魏
志·董卓傳》：「初平元年二月，乃徙天子都長安，焚燒洛陽宮室，
悉發掘陵墓，取寶物。」董卓在往長安前，將洛陽焚燬，並大掘陵
墓，將洛陽城變成了一個廢墟。引自〔晉〕陳壽著，陳乃乾校點，《三
國志》，北京中華書局二十四史點校本，1959.12 一版，1982.7 二版，
1985.8 二版 8 刷。p. 2。

〔註7〕 引自《世說新語·識鑒》。

〔註8〕 《後漢書·何顒傳》。引書版本同註5，頁 2218。

〔註9〕 《後漢書·許劭傳》。引書版本同註5，頁 2234。

世出生的他，無疑是一個好的起點，「可能曹操心理上也有這麼一種狀態，那就是他要努力建功立業，以改變他在社會上的地位，使人們能夠尊重他和他的家族」。〔註10〕至此，我們便透過閱讀其詩作〈善哉行〉二首之二，似乎可以觀察他人格基礎的起始點，以及他早期的生活狀態。

> 自惜身薄祜，夙賤罹孤苦。既無三徙教，不聞過庭語。其
> 窮如抽裂，自以思所怙。雖懷一介志，是時其能與。守窮
> 者貧賤，惋嘆淚如雨。涕泣於悲夫，乞活安能睹？我願於
> 天窮，琅邪傾傾左。雖欲竭忠誠，欣公歸其楚。快人由爲
> 歎，抱情不得敘。顯行天教人，誰知莫不緒。我願何時隨？
> 此歎亦難處。今我將何照於光耀？釋銜不如雨。〔註11〕

從精神心理分析學的角度去觀察，童年生活所發生的各種事件，都會沉澱於潛意識之中，形成有如種子的狀態存在於意識的底層，在未來的生命階段裡，這些種子都有萌芽的可能性，也就是人格的發展如果作爲線軸，那麼童年的任何遭遇被視爲影響與構築此線軸的重要節點，《性學三論》裡精神分析學家盧田貝克（H. M. Ruitenbeek）在引言中借用沙特（J. P. Sartre）的話語來說明童年在人類生命旅程裡扮演的重要角色：

> 童年乃在偏見的死巷裡摸索；童年有如套上了馬勒的小
> 駒，感覺環境之限圍，有如韁繩之繫勒，橫衝直撞，希圖
> 掙脫。今日，唯有精神分析學使我們得以深入了解當孩童
> 在黑暗中摸索，試圖有所作爲，而每每與其一無所知的成
> 人世界之社會力量相衝突的辛酸歷程。只有精神分析能告
> 訴我們，一個人是否已迷失於其扮演的角色裡，不管他試
> 圖規避，或想將自己已完全同化於其中。只有精神分析能
> 告訴我們一個成人的全人格。〔註12〕

〔註10〕 引自葉嘉瑩《建安詩歌講錄‧第二講（曹操一）》，收錄於《國文天地》11卷10期，頁68，民85.3。
〔註11〕 引自《先秦漢魏南北朝詩》，逯欽立輯校，木鐸出版社，頁352～353。
〔註12〕 引自《性學三論》，志文出版社。

　　在前述筆者已經提及牟宗三先生所言的「整全人格」，其實似乎亦可以比對這裡所言的「成人的全人格」，其實曹操自小的所具備身分地位，的確是促使他去尋求品評的重要因素，這也是他力圖去抗衝生命旅程裡被社會化建構的外在條件，這種抵拒正是因為其童年以至於少年時期辛酸的成長歷程所引發的思維，這種童年所沉澱的潛意識記憶，在曹操用人以及處理政事的方式上，從本章的討論裡，的確可以發現影響的痕跡。在上面所引的詩中，曹操對於「身薄祜」的「自惜」，實源於「鳳賤」的孤苦，「自惜」是曹操寫此詩時的感嘆與回顧，這個「自惜」的原由則是曹操經過對於自身思考後的意識總結，曹操認為「所怙之思」的產生，是因為童年時的生命經驗與過程導致他人格的養成，這種在生命人格養成之後的回顧與思索，讓筆者找尋出他何以呈現出儒、玄、法合一的多重人格的原因之一，〔註13〕透過精神分析法對於童年的處理，再加以對照當時的社會建構，以及曹操自身的生命思維，可以發現曹操所呈現的生命狀態，與其所提出的政治主張和治國謀略，其實是不相矛盾與違背的，反而可以融攝於其生命性格當中呈現，對於曹操我們的確不必把他定位成某種具有單一生命觀點的模式，反而可以發覺曹操生命性格的複雜與其如何在複雜當中去辨證與自覺，以下透過他的《苦寒行》及其他惜時詩作進行探討。〔註14〕

─────────────────

〔註13〕劉朝謙認為「這種儒、兵、刑、法矛盾地集中在曹操一人身上的現象，除了可以從漢末儒學獨尊局面的潰壞，戰國百家思想又行泛起的時代變遷作出解釋外，還可以從由於閹宦家庭的出身，使曹操的生命臍帶缺失……曹操因而失落了他的生命之根。從血緣上講，他幾乎是無根之人……對故鄉的難以忘懷，實是人對自身生命之根的癡戀……生命無根的潛意識，使曹操的生命越出了儒孝文化的漢代眾生的日常生活軌跡……」曹操對於生命本質的思考，雖然產生在這個新的生存時空中，然而這與其生命的歷練與童年生活過程有密切的聯繫，請參〈生命臍帶的缺失與新的生存時空──從曹操生命的「越軌」看建安文人之「在」〉，收錄於《中國古代、近代文學研究》1993 年第 9 期，北京中國人民大學書報資料中心，頁 85～90。

〔註14〕可參〈論曹操之為人及其作品〉，林文月著，收錄於《澄輝集》，洪

第二節　生命價值的定位

曹操《苦寒行》：

> 北上太行山，艱哉何巍巍！羊腸阪詰屈；車輪爲之摧。樹木何蕭瑟，北風聲正悲！然羆對我蹲，虎豹夾路啼。谿谷少人民，雪落何霏霏！延頸長嘆息，遠行多所懷。我心何怫郁？思欲一東歸。水深橋樑絕，中路正徘徊。迷惑失故路，薄暮無宿棲。行行日已遠，人馬同時飢。擔囊行取薪，斧冰持作糜。悲彼《東山》詩，悠悠使我哀。〔註15〕

《短歌行》〔註16〕二首之一：

> 對酒當歌，人生幾何！譬如朝露，去日苦多。慨當以慷，憂思難忘。何以解憂，唯有杜康。青青子衿，悠悠我心。但爲君故，沉吟至今。呦呦鹿鳴，食野之苹。我有嘉賓，鼓瑟吹笙。明明如月，何時可掇。憂從中來，不可斷絕。越陌度阡，枉用相存。契闊談宴，心念舊恩。月明星稀，烏鵲南飛。繞樹三匝，何枝可依？山不厭高，水不厭深。周公吐哺，天下歸心。〔註17〕

曹操作爲一個新型態的中央政體（state）控制者，在內在生命裡仍然具備原始儒學所傳承的歷史記憶，但統治者的地位也使他必須去觀察並省思此存在環境所給予他的生命影響，以及思想意義，再加上他在特殊環境裡的生命歷程，使得曹操帶著某種霸權氣質，去執著於對人生志業的理想追求和價值完成。筆者首先透過上述兩首曹操的詩作，來切入他在惜時主題裡所展現的內在矛盾，以及其如何消解矛盾使之並存的方式。

〔註15〕引書同註11，頁351。

範書店，民72。

〔註16〕郭茂倩編《樂府詩集》，曾引〔晉〕崔豹《古今注》：「長歌、短歌，言人壽命長短，各有定分，不可妄求。」認爲〈短歌行〉是在感嘆人類生命時間的短促易逝。然郭茂倩認爲，此應指涉歌聲的長短言，但我們從曹操的詩中不難發現，他是在慨歎人生壽命的短暫，與自身理想間的衝突，實後世的擬作，多數都表現此種慨歎。里仁書局出版。

〔註17〕引書同註11，頁349。

〈唐杜工部員外郎杜君墓誌銘并序〉：

　　建安之後，天下文士罹遭兵戰，曹氏父子鞍馬間爲文，往
　　往橫槊賦詩，故其抑揚冤哀存離之作，尤極於古。〔註18〕

　　在曹操的〈苦寒行〉裡所呈現的憂思與悲憫之情，凡是社會文化
經過某原因遭到劇變之時，爲此社會價值身受影響後內在沉澱於思維
底層的人，眼見劇變後的價值衰落，其必然感到沉重的苦痛，這種苦
痛反映在曹操的身上，是複雜而多面的。〔註19〕當然，我們可以說悲
憫情懷是人類的天性，然而除此之外，我們透過曹操詩中「我心何拂
鬱」、「遠行多所懷」、「谿谷少人民」、「迷惑失故路」的文字裡，又隱
隱透露出遷逝的悲感氛圍，征戰多年的曹操原本就是一個「任俠放
蕩，不治行業」〔註20〕之人，不避權勢豪強的俠義心腸本是他人格架
構的一個部分，再加上曹操受到原始儒家的影響的內在思維，這種建
功立業的想法往往就透過他「生民百遺一，念之斷人腸」〔註21〕的悲
憫情懷而透顯。他在〈度關山〉一詩的起句，就可以看作是以明心智
的內蘊思維：「天地間，人爲貴。立君牧民，爲之軌則」，〔註22〕如果
我們暫且拋開某些學者所定位的負面形象的曹操，我們也大可不必將

〔註18〕《元氏長慶集》卷五十六。
〔註19〕曹操《軍譙令》：「吾起義兵，爲天下除暴亂。舊土人民，死喪略盡，
　　　國中終日行，不見所識，使吾悽愴傷懷。其舉義兵以來，將士絕無
　　　後者，求其親戚以後之，授土田，官給耕牛，置學師以教之。爲存
　　　者立廟，使祀其先人。魂而有靈，吾百年之後何恨哉！」，曹操此令
　　　可窺見其對於人民與社會喪亂之悲痛沉重的心情，而曹操舉兵的原
　　　因之一，便是其力圖去拯民於喪亂之中，完成穩定 state 與 society
　　　的功業。引自《三曹集》，岳麓書社，頁 11，1992.10。
〔註20〕《三國志‧魏志‧武帝紀》，引書版本同《三國志‧魏志‧董卓傳》：
　　　「初平元年二月，乃徙天子都長安，焚燒洛陽宮室，悉發掘陵墓，
　　　取寶物。」董卓在往長安前，將洛陽焚燬，並大掘陵墓，將洛陽城
　　　變成了一個廢墟。引自〔晉〕陳壽著，陳乃乾校點，《三國志》，北
　　　京中華書局二十四史點校本，1959.12 一版，1982.7 二版，1985.8 二
　　　版 8 刷。p. 2。
〔註21〕〈蒿里行〉，引書同註 11，頁 347。
〔註22〕引書同註 11，頁 346。

其定位在過去偏頗的位置上，曹操實際上是把自己是作一個救贖者去面對人世的，他想藉由自己的能力去力挽狂瀾，拯救當時官民生命不穩定的狀態，〔註23〕我們讀他的〈對酒〉，〔註24〕其中構築了一個理想王道的太平世界，在這個世界裡，人性和禮法不但不相衝突，而且還相得益彰。或許史家會質疑曹操用世的心態，但我們卻可以從其作品裡去觀察用世心態的本質爲何，透過本質的討論，再返歸到歷史的詮釋，可以下一個較爲客觀的判斷。

　　曹操面對著「年之暮，奈何時過時來微」；〔註25〕「冉冉老將至，何時返故鄉」；〔註26〕「譬如朝露，去日苦多」這種傷時的人生浩歎時，他並不會停留在消極的生命自我規避，而是去尋找一個建功立業的積極進路，這種「惜時」思維的最終歸趨，實際上也是曹操所給予自己生命價值所在，〈短歌行〉裡的「周公吐哺，天下歸心」，以周公喻己，未必是朱熹所言「他也是做箇賊起，不惟竊國之柄，和聖人之法也竊了」〔註27〕這種偏失的說法。或許我們透過曹操一生的志業與生命過程，並從他的作品裡去觀察他「惜時」的終極關懷。《短歌行》之所以能夠興發讀者之感情，除了詩中透露出曹操的抱負與胸襟，更可以讓我們感受到那因傷逝而惜時的生命幽思。葉嘉瑩曾言：

　　　　要知道，凡是英雄豪傑之士，當他們衰老的時候，都有一種
　　　　對人生無常的恐懼與悲慨。因爲，凡屬英雄豪傑，都希望留

〔註23〕《資治通鑑卷六十二・漢紀五十四・獻帝建安元年 6》：「是時，宮室燒盡，百官披荊棘，依牆壁間……群僚飢乏，尚書郎以下自出採梠，或飢死牆壁間，或爲兵士所殺。」

〔註24〕〈對酒〉：「對酒歌，太平時，吏不呼門。王者賢且明，宰相股肱皆忠良。咸禮讓，民無所爭訟。三年耕有九年儲，倉穀滿盈。班白不負戴。雨澤如此，百穀用成。卻走馬，以糞其土田。爵公侯伯子男，咸愛其民，以黜陟幽明。子養有若父與兄。犯禮法，輕重隨其刑。路無拾遺之私。囹圄空虛，冬節不斷，人毫釐，皆得以壽終。恩澤廣及草木昆蟲。」同註11，頁347。

〔註25〕〈精列〉，引書同註11，頁346。

〔註26〕〈卻東西門行〉，引書同註11，頁354〜355。

〔註27〕《朱子語類卷一四〇》〈論天下〉。

　　下一番豐力偉績，他總覺得他所要作的事情還沒有完成，他
　　的理想還沒有實現，所以對人生的短暫感到悲哀。曹操很誠
　　實很坦率，把這種恐懼和悲慨都寫到作品裡面了。〔註28〕

　　畢竟，因為生命的流轉易逝，當詩人面對這種難堪時，必然會去
擔憂自身理想抱負該如何實現或消解的問題，然後就會透顯出詩人對
自身與宇宙生命價值的終極關懷，而曹操生命的終極價值取向，亦正
如筆者上述所言及的，那種悲憫情懷和建功立業間所產生的交疊，「在
詩人的哀感裡還結合有英雄的志意，有一種唯恐這志意落空的憂愁」。
〔註29〕畢竟，在當時環境之下，舊政統只有在形式上有所延續，新政
統則暫不以皇權的形式去統治，而是表面上維持舊政統皇權的名義而
已，而曹操也必然面臨去解決這種內外在均矛盾於儒家價值的情況，
所以他尋找出一條進路去消解這種矛盾，也就是他把自身的終極價值
關懷加以定位，這種定位讓他在面臨「遷逝悲感」的產生時，這種憂
患的意識，向內使他超越了個人獨善的情懷；向外則積極地透過「惜
時」，去完成他建功立業、經世濟民的自我思考，這正是他惜時思維的
價值歸趨。這也是他上承原始儒家道德精神思維的轉化與變型。

第三節　生命存續的精神

　　王鍾陵在《中國中古詩歌史》裡認為曹操詩歌裡的主題走向有三
個方面：「一、記敘漢末實事和個人經歷，二、抒寫自己的政治理想
與抱負，三、游仙……」，〔註30〕的確曹操集中多數的詩歌都集中於
現實社會以及個人抱負的抒寫，本章第一、二節所引用的詩作多為此
類型主題的作品，然而我們卻可以透過曹操的游仙之作，去深入觀察
其如何對待有關於生死的問題，以消解其因社會喪亂殘破而引發的傷

〔註28〕引自葉嘉瑩《建安詩歌講錄・第二講（曹操一）》，收錄於《國文天
　　　　地》11卷10期，頁73，民85.3。
〔註29〕引自葉嘉瑩《建安詩歌講錄・第二講（曹操一）》，收錄於《國文天
　　　　地》11卷11期，頁73，民85.4。
〔註30〕引自王鍾陵《中國中古詩歌史》，江蘇教育出版社，頁229，1988.5。

逝悲感是如何做另一種向度的消解，筆者再次援引〈精列〉一詩：

> 厥初生，造化之陶物，莫不有終期。莫不有終期，聖賢不
> 能免，何爲懷此憂。願螭龍之駕，思想崑崙居。思想崑崙
> 居，見欺於迂怪，志意在蓬萊。志意在蓬萊，周孔聖徂落，
> 會稽以墳丘。會稽以墳丘，陶陶誰能度，君子以弗憂。年
> 之暮，奈何時過時來微。〔註31〕

　　曹操對待生死其實是帶著較爲清晰的思維態度，畢竟身處喪亂之
際，生死已成爲無法抗拒的天命，這種造化的自然規律，是必然會降
臨在每個人的身上，縱使是與天合德的聖賢，仍然會面臨死亡的關
鍵，所以曹操在此以清醒的態度去表達出死亡對於人類的必然性，並
且透過此來表現出求仙免死這種思維的荒謬，這除了代表著個體意識
覺醒的另一標誌外，也透露出曹操對於個體努力的自覺追求，〈步出
夏門行〉裡：「神龜雖壽，猶有竟時。騰蛇乘霧，終爲土灰。驥老伏
櫪，志在千里。烈士暮年，壯心不已。盈縮之期，不但在天。養怡之
福，可得永年……」，〔註32〕曹操並未否定人們追求生命繼續延續的
渴望，並且認爲縱使生命是有限的段落，仍然可以透過導養等身心修
鍊的方法去延長壽命，這種一方面既承認並面對死亡之必然，一方面
又肯定人自覺追求延長壽命的努力，導致了一種積極向上的個體覺醒
意識的產生，其實曹操這種對於永生的企望並非矛盾於其對於死亡的
深切認知，只是這一切已被他人格生命結構所統馭而解消矛盾的可
能，縱使曹操人至「暮年」，他「志在千里」的雄心似乎未曾稍減，
雖然生命的盈縮多數是由天來控制仲裁，然而只要能夠積極地去調養
身心，就可以完成「永年」的企望，也正因爲這種積極的惜時心態，
使得曹操消解了部分的「傷逝悲感」，努力「乘時」去建立功業，完
成自己「沒世不朽」的理想。所以，這也足以證明曹操的游仙詩並非
呈現消極頹廢的生命狀態，而表現出積極進取、奮發昂揚的精神。

〔註31〕引書同註11，頁346。
〔註32〕引書同註11，頁354。

造化之陶物，莫不有終期 ⟶ 神龜雖壽，猶有竟時 ⟶ 造化自然規律

養怡之福，可得永年 ⟶ 盈縮之期，不但在天 ⟶ 積極惜時的乘時思維

驥老伏櫪，志在千里。烈士暮年，壯心不已 ⟶ 曹操的人格生命結構

　　其實，當個體意識萌芽時，人類首先認識到的便是傷逝悲感所引起對於生命存在的焦慮，尤其是集體思維不再受到神性天所控制，生命的終始逐漸被視為某種偶然性所導致造成的，這時對於現世的價值寄託，便呈現一種無根的狀態，詩人面對這種內心無端的焦灼，並無法承受隨時可能喪失的生命價值，他們敏感的生命氣質卻力圖從詩文中尋求精神的寄託，於是他們虛擬了一個新的時空度量衡去消解現世裡的傷逝悲感。裘尼（Joanne Wieland-Burston）曾言：

> 擁有堅實、可靠、有支持力量的內在意象，才能在一個人的內在建立起關鍵性的聯繫，才能在一個人可能真的有一段時間都是孑然獨處，和外界的聯繫暫時中斷之際，在個人和自我之間建立起共鳴的聯繫。在個人和外界的關係暫時中斷或是十分薄弱甚至在崩解邊緣時，害怕失去一切、害怕失去自我、失去生命之樂的沉落感覺，便會因為和自己的自我尚保存一絲聯繫，而彌補了過來。〔註33〕

　　虛擬的仙境場域便是一種超越性時空結構，是一個有著支持力量的內在意象，它是一個幻想的國度，當對於生命焦慮所產生的傷逝悲感壅斷了自我與外界的聯繫時，那種內在孤絕的恐懼，是此時代文士經常出現的內心視象，這時透過游仙詩的時空虛擬，可以建築個人的想像世界，去保存自我不至崩潰，可以去延伸現實時空裡有限的生命時間，使生命時間在這個虛擬的空間裡成為永生的傳說，也寄託詩人對於永恆生命的延續冀求，最終連時間觀念在這個想像空間裡也不再存在，都將成為無始無終的絕對永恆。曹操「駕虹蜺，乘赤雲，登彼

〔註33〕引自 Joanne Wieland-Burston 著，宋偉航譯，《孤獨世紀末》，立緒文化，頁81，民88.1。

九疑歷玉門……絕人事，遊渾元……」（〈陌上桑〉）、〔註34〕「願登泰華山，神人共遠遊……飄颻八極，與神人俱……思得神藥，萬歲為期」（〈秋胡行〉），〔註35〕其實正是要說明「天地何長久，人道居之短」〔註36〕這種生命時間與自然時間的對照呈現。這種對照放在曹操的生命結構中的確會產生「世憂不治，存亡有命」的消解式思考，畢竟生命時間的短暫可能無法完成曹操內心嚮往的功業理想，而虛擬一個讓生命時間與自然時間永恆並齊的空間，的確可以使曹操保存原有積極的思考去挑戰難以確知的未來，許多生命的憂慮，都在放縱想像的游仙時空中短暫的精神救贖，畢竟在現世當中，人類並無法完成各種生命需求，於是生命欲求在無法獲致完整滿足時，會伴隨著相對性的痛苦與折磨，然而在這個虛擬的時空當中，詩人卻可以滿足對慾望需求的各種想像，獲得生命的解放與自由，現實層次的生命憂慮與掙扎，於游仙作品所編織的嶄新時空裡獲得一種解脫。反過也可以讓自身更有勇氣去面對現世當下的磨難。

當然，他們回到現實時空裡，仍然要面對「年之暮，奈何時過時來微」〔註37〕的浩嘆，這種時間的規則是無法逆反的，於是文士們必須在現世裡透過各種可行的方式，去消解心靈裡的傷逝悲感，至此惜時的根基也必須建立在面對現實時空的基礎上，游仙詩便成為曹操等人虛擬的心靈停泊處，具有宗教式的救贖精神，「以我們幾乎無從感覺的方式，建立起一套架構，賦予我們生命的意義，為我們帶來安全感。」，〔註38〕而透過聚宗教精神而是個人構築的虛擬時空，的確使得此時的文士獲得了精神上短暫的紓解，曹操也透過自身的人格結構賦予了游仙詩積極的生命意義。

〔註34〕引書同註11，頁348。
〔註35〕引書同註11，頁350。
〔註36〕引書同註11，頁351。
〔註37〕曹操〈精列〉。引書同註11，頁346。
〔註38〕引自 Joanne Wieland-Burston 著，宋偉航譯，《孤獨世紀末》，立緒文化，頁78，民88.1。

第三章　曹丕生命的自我求索

　　隨著北方的穩定，鄴下成為北方新政統的政治核心，司馬門事件
之後，（註1）曹丕取得了魏太子的資格，也代表著其本身政治地位繼
承權確立，生命人格的結構亦將趨於某種較為穩定的狀態。曹操這種
「憂世不治」等慷慨激昂的憂患詩篇，在曹丕的身上已然不復多見，
曹丕的詩中更多地集中在透過思婦、棄婦、言志等作品，將對於婦女
遭遇的同情與感懷聯繫到對自我流光易逝的浩歎，詩中往往呈現出對
個人生命價值的憂愁難解，對於自我生命迷惘、躁動的痛苦矛盾，向
內開拓出生命底層最本質的核心，展現出對自我生命價值的終極關懷
與永恆追尋。從曹操思維由內向外原始儒家經世濟民的追求，到曹丕
因生命穩定而向內的自我價值探索，均透過傷逝而惜時來做深沉的感

〔註1〕　《三國志・魏志・曹植傳》載：「植嘗乘車行馳道中，開司馬門出。
　　　　太祖大怒，公車令坐死。由是重諸侯科禁，而植寵日衰。」引書版
　　　　本同《三國志・魏志・董卓傳》：「初平元年二月，乃徙天子都長安，
　　　　焚燒洛陽宮室，悉發掘陵墓，取寶物。」董卓在往長安前，將洛陽
　　　　焚燼，並大掘陵墓，將洛陽城變成了一個廢墟。引自〔晉〕陳壽著，
　　　　陳乃乾校點，《三國志》，北京中華書局二十四史點校本，1959.12 一
　　　　版，1982.7 二版，1985.8 二版 8 刷。p. 558。司馬門是王宮外門，除
　　　　天子外嚴禁在此處騎乘車馬，更何況在建安二十一年時，曹操稱魏
　　　　王後，設天子旌旗，出入均警蹕。而在司馬門事件之後，曹操又連
　　　　下兩令，說明對曹植之不信任，自此，因為曹植本身的任情放縱，
　　　　不拘禮法，任性而行，使得曹操在選擇繼承人選的問題上有了重大
　　　　的改變與決定，亦即是於建安二十二年冊立曹丕為太子，至此魏的
　　　　政治大局便將展開一個新的階段。

發，我們的確不難看出這種雖然積極但異變的個體自覺，在整個建安時期的文化社會中，蘊積了一股巨大的生命能量。

第一節　生命能量的質變

曹丕《大牆上蒿行》：

> 陽春無不長成。草木群類隨大風起，零落若何翩翩，中心獨立一何煢？四時舍我驅馳，今我隱約欲何爲？人生居天壤間，忽如飛鳥棲枯枝。我今隱約欲何爲？適君身體所服，何不恣君口腹所嘗。冬被貂鼲溫暖，夏當服綺羅輕涼。行力自苦，我將欲何爲？不及君少壯之時，乘堅車，策肥馬良。上有滄浪之天，今我難得久來視；下有蠕蠕之地，今我難得久來履。何不恣意遨遊，從君所喜。帶我寶劍，今爾何爲自低卬。悲麗平壯觀，白如積雪，利如秋霜。犀標首，玉琢中央。帝王所服，辟除凶殃。御左右奈何致福祥。吳之辟閭，越之步光，楚之龍泉，韓有墨陽，苗山之鋌，羊頭之鋼，知名前代，咸自謂麗且美，曾不如君劍良，綺難忘。冠青雲之崔嵬，織羅爲纓，飾以翠翰，既美且輕，表容儀，俯仰垂光榮。宋之章甫，齊之高冠，亦自爲美，蓋何足觀。排金鋪，坐玉堂，風塵不起，天氣清涼。奏桓瑟，舞趙倡，女娥長歌，聲協宮商，感心動耳，蕩氣回腸。酌桂酒，鱠鯉魴，與佳人期爲樂康，前奉玉卮，爲我行觴。今日樂，不可忘，樂未央。爲樂常苦遲。歲月逝，忽若飛，何爲自苦，使我心悲。〔註2〕

陳祚明對此詩的旨趣有最爲基礎的理解，他說：

> 大牆上生蒿，榮華無久時，以比人生壽命不得長，乃反極陳爲樂快意。〔註3〕

他認爲此詩欲透露詩人因壽命有時而盡，所以享樂榮華的時間也極爲

〔註2〕引書同《先秦漢魏南北朝詩》，逯欽立輯校，木鐸出版社，頁396～397。

〔註3〕《采菽堂古詩選卷》卷五。

短暫，所以詩人反向來思考一個及時行樂的問題。筆者並不反對陳祚明此說，不過時有必要對此詩加以說明分析，去深化並補充陳祚明此說所蘊含的豐富內在意義，並透顯出曹丕透過惜時主題對於傷逝之悲的消解方式。

　　此詩在開端先描寫物象從長成至零落衰敗的生命過程，詩人面對四時如此循環的變化，內心裡充滿著惆悵寂寥之情，「中心獨立一何煢」此句實是詩人透過對外在物象的變化無端，所引起內心孤獨悽愴之情，此情之引出正是因為詩人把自己視為一個生命獨立的個體，在個體對外物的觀照之下，個體的心靈狀態將會有所對應與深化，個體的生命價值方能透顯。曹丕在此由物象轉而描寫自我的對應，所以當曹丕透過物象放大到導致物象零落的四時流轉時，他與之對應的思考便更加的深沉，四時的循環本是自然界的規律，這種永恆與瞬間，大與小的對比，也正是孔子對江水浩歎感傷的原因之一。曹丕面對永恆性的自然時空，感到自身生命的有限與渺茫，這種相對性的短促讓個體生命已經意識獨立的詩人難以釋懷，人似乎在這毫無頭緒的時空裡，不過只是有如飛鳥棲枯枝般偶然，詩人反覆抒寫「我今隱約欲何為」這是提出對自己生命掙扎狀態紓解的消解性問號，問號的提出就將是惜時的開始，這個開始在曹丕的筆下的確呈現了向內糾結的內在反覆，這和曹操某種即時性的向外追尋有著相當的不同。

　　接下來曹丕欲解決自身「傷逝悲感」的問題，從詩中我們似乎可以看到曹丕賦寫描摹出極盡繁美豐富的聲色享樂，以季節性的衣著服飾，以劍冠與典故的交相運用把宮室、酒食、女樂等皇室榮華層層鋪寫，並且以「何不恣意遨遊，從君所喜」肯定了為樂苦遲的生命價值方向，似乎詩人從享樂生活中找到了消解生命憂慮的方式，這種「今日樂，不可忘，樂未央。為樂常苦遲。歲月逝，忽若飛，何謂自苦，使我心悲。」的思維模式，是透過對生年難以滿百的真正領悟之後，去調整出自身對有限生命進程的珍視，畢竟此段生命完成之後的未知並無法真正了解，死亡情況的判斷也是透過他人的經驗或者自身的猜

想與臆測，漢代儒學的消融也使得人們更重視現在時間的已知進程，所以及時行樂便成爲另一種積極的身心安頓的歸宿與方法，也是一種安撫精神掙扎與生命苦痛的處世態度，這並非是某些學者所言的自我麻醉，而是一種生命價值的追尋與生命意識的覺知，如此的積極向內開發求索，在曹丕此詩之中得到了相當的思維辨證與體現。

我們不難發現，曹丕對於生命價值的思考是非常纖細敏感的，在反覆的變正中去透顯生命無常的主題基調，「這種先喜後悲，餘哀不盡的情況，在他的詩中所在多有」。

〈善哉行〉：

朝日樂相樂，酣飲不知醉。悲絃激新聲，長笛吐清氣。絃歌感人腸，四坐皆歡悅。寥寥高堂上，涼風入我室。持滿不如盈，有得者能卒。君子多苦心，所愁不但一。慊慊下白屋，吐握不可失。眾賓飽滿歸，主人苦不悉。比翼翔雲漢，羅者安所羈。沖靜得自然，榮華何足爲。〔註4〕

在酣樂裡思維生命價值之所在，常常是曹丕詩裡的寫作模式，透過當下絃歌笙舞的喧鬧，反而使得曹丕感到內心的愁緒無法排遣，「樂往哀來摧肺肝」〔註5〕的思維，反映了曹丕對於當下時間所呈現狀態的極度不信任，隨著歡宴的場面實際上伴隨著正是宴樂之後生命密度的狼藉，在此處曹丕的傷逝悲感是透過當下時間的直覺而意識到的樂苦相續的生命思維，也因此而衝擊著他的心靈，而自然時間的推移變換與代謝更替，相對於宴樂時的當下時間而言，這種對照組的呈現反而更顯歡樂的短促，想透過此來消解傷逝悲感去完成惜時目的的確令人感到莞爾。的確「君子多苦心，所愁不但一」，所有關於時空遞嬗的憂愁不但難以確知來自何處，而各種憂愁也相互交集去構成對於生命價值的衝擊，對於憂愁的深思似乎也無助於消解傷逝悲感，達成惜時的可能，或許只有淡化思維的密度，並不需耽溺於心靈的糾結與痛

〔註4〕引書同註2，頁393。
〔註5〕引書同註2，頁394。

苦，透過「忘憂」去正視、回歸現實的複雜，並加以處理，亦可完成
乘時的目的。張鈞莉認為：

> 但是面對這些憂思感慨，曹丕經常採取的態度卻是避重就
> 輕，放棄深思。……這其中有一種認命的、依違兩可的態
> 度……如今從他處理生命疑惑時的規避心態看來……他的
> 性格也是「一變乃父悲壯之習」，柔緩的多……一個「忘」
> 字說明了他並不著意去尋思解決問題的辦法，只想暫時遺
> 忘問題的存在，因此這些問題不久會再出現，這就是為什
> 麼他的詩中老是重複出現一樣的悲愁，不似曹操有著各種
> 截然不同的風貌……。〔註6〕

李洲良也提及：

> 曹丕詩中的意象主要採用比興的手法來組合，正如他的為
> 人一樣，他似乎不願把自己的思想感情直拋出來……缺少
> 曹操那種坦率通脫之氣。所以，他的詩常常因景設情，以
> 景襯情，景語多於情語。即使用賦的手法來組合，也不像
> 曹操那樣直陳，而是回環往復，欲開還閉，欲言又止，曲
> 曲折折。……〔註7〕

筆者認為，曹丕並非避重就輕，他認為憂思的深入思考無助於解決現
實所面對的種種問題，所以他並不著意耽溺於生命憂思的發掘，他所
正視的是當下時間傷逝悲感所帶來的衝擊，這一方面與其所處的政治
場域有關，畢竟此時的政治狀態相對於曹操時是大致穩定，曹丕所面
對的是天下已然三分的形勢，對內則面臨著各種政治勢力的彼此消
長，這與曹操作為一 state 的開創者有所不同；而曹丕的生命人格結
構與乃父相異，冷靜深沉，頗富機心，喜怒並不展形於色，此與曹操
勇敢魄力、氣勢盈溢，有著性格上的差異。因為如此，曹操不斷地深

〔註6〕引自〈從遊仙詩看曹氏父子的性格與風格〉，張鈞莉著，收錄於《中
　　　外文學》第 20 卷 5 期，頁 104～110，民 80.10。
〔註7〕引自〈三曹詩歌的意象與風格〉，李洲良著，收錄於《中國古代、近
　　　代文學研究》1991 年第 10 期，頁 113。北京人民大學書報資料中心
　　　編集。

思未來的種種可能，追索探尋生命價值的根源，以及嘗試追尋延續生命的可能，積極地去增加生命的量與密度，為了完成乘時的理想與功業，理性的認知與感性的體悟互構，一方面通過感性的體悟去追索傷逝悲感的來源，一方面以理性的認知去消解傷逝悲感引起的憂思，完成開創者的功業；而曹丕則常因當下的生命憂愁縈繞不去，感受到了生命價值的意義，然而卻往往不去索求其根源以及消解傷逝悲感的所有可能，反而直接地回到現實當中去處理所有的複雜糾葛，使理性的認知超越了感性的體悟，並不會耽溺於憂思當中，反而刻意避開更深入的思考。

曹操 → 解憂 → 積極增加生命的能量與密度 → 理性與感性互構

曹丕 → 忘憂 → 回到現實去處理當下的糾結 → 理性超越感性

第二節　生命意義的完成

曹丕《典論·論文》：

> 蓋文章經國之大業，不朽之盛事。年壽有時而盡，榮辱止乎其身，二者必至之常期，未若文章之無窮。是以古之作者，寄身於翰墨，見意於篇籍，不假良史之辭，不託飛馳之勢，而聲名自傳於後。故西伯幽而演易，周旦顯而制禮，不以隱約而弗務，不以康樂而加思。夫然，則古人賤尺璧而重寸陰，懼乎時之過已。而人多不強力，貧賤則懾於飢寒，富貴則流於逸樂，遂營目前之務，而遺千載之功。日月逝於上，體貌衰於下，忽然與萬物遷化，斯志士之大痛也。〔註8〕

《與王朗書》：

> 人生有七尺之形，死為一棺之土。唯立德揚名，可以不朽；其次莫如著篇籍。疫癘數起，士人彫落，余獨何人，能全其壽。〔註9〕

〔註 8〕 引書同〔魏〕曹丕著，夏傳才、唐紹忠校注，《曹丕集校注》，1992.10，頁 240～241。

〔註 9〕 引書同註8，頁 107。

　　建安時期「傷逝悲感」的來源雖然是多方面的，但其基礎可以以曹植〈薤露行〉：「人居一世間，忽若風吹塵」〔註10〕做一概括，建安士人面臨亂世，生命朝不保夕，可能隨時與萬物遷移，他們在生命可能立即消逝的情況下，生命內涵因為個性的覺醒，必然會呈現向內縱深的思考，雖然在才性問題上似乎是擺落了儒家道統的規範，但普遍存在士人心理的文化意識則又是「建功立業」、「經世濟民」的內聖外王的思想，雖然這兩者之間看似矛盾，卻在此一時期呈現了並存與互構的可能性。其實，「文以氣為主」的思考觀點，認為不同主體具備不同的氣質材性，慣於運用不同的創作題材與體裁，表現出不同的文學風格與創作特質，這種看法就具備打破傳統思維的特定意義，並銜接著本文所提及的人物品評思維，加以實踐於文學理論批評的思考上，充分地尊重作家獨創的文學主體自覺意義。

　　當然，就《論語》所言「未知生，焉知死」的思維；一直是中國士人對生命思考的方向之一，正因為我們不知道自己的生命進程時間到何時完結，「年壽有時而盡」，所以文人們希望在有限的生命時間裡去完成自己應盡的「責任理分」，〔註11〕或許在有限的生命進程裡未必可以達成「立德揚名」的可能，但或許可以「見意於篇籍」，使「聲名自傳於後」。值得注意的是，在儒家思想裡，述與作均含蘊教化後世的功能，但到了建安時代，述作則成為留名後世的「千載之功」，文學至此獲得獨立的地位：

> 文學，作為一種精神的創造，一但擺脫並超越狹隘的世俗與功利的目的，它的繁榮就是必然的，它的獨立，也是順理成章的了。文學在魏晉的繁榮與獨立，一方面是人的覺醒與自由的產物，同時又在某種程度上強調了人的主體意識、創造精神以及智慧與天才。〔註12〕

〔註10〕引書同註2，頁422。
〔註11〕請參勞思光《新編中國哲學史（一）》，三民書局，民84.8八版。
〔註12〕引自《心哉美矣——漢魏六朝文心流變史》，李建中著，文史哲出版社，頁 86，民 82.9。又可參〈二曹文學異同論〉，張廷銀著，收錄

所以，筆者上述所言的矛盾點，便透過士人個體意識的覺醒得以調和與互構，畢竟正統的產生與維繫在這個時代裡發生質變，士人們在脫去禮的束縛後，產生了對於宇宙與人生的深情，全副精神執著於個體生命定位的追求，「以個體心靈觸發的全部自然眞情爲審美的情感內涵」，〔註 13〕因此在此時代的詩歌作品裡，文人們以簡短凝鍊的詩句去抒發內心因「傷逝」而觸動的眞情實感，其中透過「惜時」主題，反映他們從「傷時」到「乘時」、「應時」、「待時」的各種不同消解、面對內心悲感的方式。

曹丕「懼乎時之過已」的心態一直是建安時期士人的內蘊思考之一環，成爲他們作品抒發感情的內在基礎，畢竟「人生自有命，但恨生日希」，人類生存時間相對於浩浩的時間長流，只是滄海一粟，如何在有限的時間內建功立業，完成自我生命人格，便成爲士人群體所需面對的核心問題。日本學者鈴木虎雄曾言：

> 通觀自孔子以來一直到漢末，基本上沒有離開道德論的文學觀，並且在這一段時間內進而形成只以對道德思想的鼓吹爲手段來看文學的存在價值的傾向。如果照此自然發展，那麼到魏代以後，並不一定產生從文學自身看其存在價值的思想。因此，我認爲，魏的時代是中國的自覺時代……《典論》中最爲可貴的是其認爲文學具有無窮的生命。〔註14〕

我們如果由這個向度來查考《典論·論文》的在文學生命史上的貢獻，正是代表著一個文學生命自覺時代的來臨，其實文學生命的價值正如曹丕所言「經國之大業，不朽之盛事」，是士人生命精神的終極價值，個體意識的生命價值正體現在永續不歇的積極追求裡，所以建安士人面對人生短促的「傷逝悲感」，便會在詩歌當中透過惜時主題去梳理並調整自我的情緒。

於《中國古代、近代文學研究月刊》1995 年第 9 期，頁 270～274，北京中國人民大學書報資料中心，1995.10.20。其有類似的觀點。

〔註13〕《魏晉南北朝文論選·序》，人民文學出版社，頁 16，1996.10。

〔註14〕鈴木虎雄著，許總譯，《中國詩論史》，廣西人民出版社，頁 37～38。

第三節　生命型態的內聚

　　前述曾言及曹丕之《典論‧論文》去觀察本系統的思維基礎，實際上從曹操到曹丕的轉變，簡而言之就是從由內而外（經世濟民）轉而向內（聲名自傳於後），這不僅是時代的改變使然，更是前後兩代在面對社會文化變遷時的不同生命態度。〔註15〕曹丕〈善哉行二首之一〉：「人生如寄，多憂何為。今我不樂，歲月如馳。」〔註16〕曹丕更深刻地認識到人生的短促，所以在這稍縱極逝的生命過程裡，憂慮只不過是徒增時間的浪費而已，然而詩人的心裡仍然擺脫不了這種對存在的憂慮，畢竟當詩人真正面對自己年華倏然老去的事實時，這種內心沉重的負擔，的確是詩中所言的「憂來無方，人莫之知」，〔註17〕對生命奔逝的憂慮是了無端緒，無法可解的，而相對於詩中敘述者的他者，因為個體生命發展的歧異，又如何能夠去體會了解詩人（敘述者）本身的憂慮呢？詩人在這裡透顯出個體生命的孤獨感，這種孤獨感的確必須對自身生命人格有著深刻的體認纔能完成，我們讀到曹丕詩中出現的詩句，如：

　　漫漫秋夜長，烈烈北風涼。展轉不能寐，披衣起徬徨。徬徨忽已久，白露沾我裳。俯視清水波，仰看明月光。天漢回西流，三五正縱橫。草蟲鳴何悲，孤雁獨南翔。鬱鬱多悲思，綿綿思故鄉。願飛安得翼，欲濟河無梁。向風長嘆息，斷絕我中腸。〔註18〕

〔註15〕其實透過曹丕對於當時文壇的觀察，曹丕的《典論‧論文》認為「文章經國之大業，不朽之盛事」，實際上是一種關於生命價值裡惜時思維的調和，說明著建功立業並不必透過單一的方式去完成，以著作傳世也是另一種乘時的思考，各種惜時的方式應因才適性，依據不同的才性去選擇消解傷逝悲感的方法，並沒有優劣的問題，當然文學的地位至此可以說與漢代「倡優蓄之」的文學觀念分道揚鑣，而受到了獨立地位的尊重，這也是自東漢以來王充等人努力的一次重要匯聚，《典論‧論文》的價值也可以透過此處來觀察。

〔註16〕引書同註2，頁391。

〔註17〕引書同註2，頁390。

〔註18〕〈雜詩二首〉，引書同註2，頁401。

秋風蕭瑟天氣涼，草木搖落露爲霜。群燕辭歸雁南翔，念
君客遊多思腸。慊慊思歸戀故鄉，何爲淹留寄他方？賤妾
煢煢守空房，憂來思君不敢忘，不覺淚下沾衣裳。援瑟鳴
弦發清商，短歌微吟不能長。明月皎皎照我床，星漢西流
夜未央。牽牛織女遙相望，爾獨何辜限河梁。〔註19〕

遊子與思婦形象的塑造在曹丕的詩中極爲頻繁易見。張法曾提出游離
的悲劇意識模式，〔註20〕曹丕多半處理的是其中傷別與思念的主題，
此與許多詩人以「夫棄之怨，往往就隱含著君棄之怨，或世棄之怨」
〔註21〕的創作寓意有所不同，一方面固然是曹丕身爲政體的領導統馭
者，另一方面曹丕人格結構的思維使得他關心的生命問題，集中於當
下時間裡傷逝悲感的直接衝擊。曹丕特別擅於採用細膩的筆觸去刻劃
遊子與思婦的內心世界，並且透過此去表現他對人類生命失落與飄蕩
無根的傷逝悲感，其作爲曹操的繼承者，實質上承續了整個新 state
系統，也實質上的變更了漢室政統傳遞的圖騰與名義，對於三分天下
的形勢也有所掌握，北方的穩定使得曹丕在統一大業上沒有其父積
極。我們透過曹丕在詩作中多寫及的遊子與思婦的閱讀，我們發現曹
丕傷逝悲感的產生與惜時思維的消解，並非完全源自於建功立業的思

〔註19〕〈燕歌行二首〉，引書同註2，頁394。

〔註20〕張法提出鄉愁、傷別、思念、閨怨四個分析模式，就筆者的觀察，
曹丕並不以怨棄的描寫去承載關於「君臣人我離合」的「悲怨意識」，
反而集中反映對於時間流轉、生命易逝的直覺感受，此原因當在本
文中有所敘述。詳參張法《中國文化與悲劇意識》，第二章第一節
〈「遊」的悲劇意識模式系列〉，頁45～68。又，我們可從曹丕《典
論・自敘》中可以觀察到曹丕自小受到的教育與啓發，所給予他對
於生命價值與人格結構的影響。以此便可以作爲曹丕生命型態內聚
的一個旁證。筆者節錄其末段，以觀曹丕對於文學如此愛好之緣由：
「……余是以少頌詩論，及長而備歷五經、四部，史漢、諸子百家
之言，靡不畢覽。所著書論詩賦，凡六十篇。至若知而能愚，勇而
知怯，仁以接物，恕以及下，以付後之良史。」引自《魏晉南北朝
文論選》，頁12，人民文學出版社，1996.10。

〔註21〕引自於〈建安詩人與悲情意識——以三曹七子詩歌爲例〉，張高評
著，收錄於《第三屆中國詩學會議論文集——魏晉南北朝詩學》，國
立彰化大學國文系編印，頁198，民85.5。

維，主要是慨歎生命本體在有限的時間內必然需要承受的各種折磨與
苦痛，人在面對自身生命這種孤獨與冷落時，往往才能反芻到生命的
無奈與難解，而遊子與思婦本來就是較爲孤苦的人，曹丕透過對於他
們心裡細膩的刻劃與掌握，集中於描寫世態的冷暖，去寄寓這種人生
飄零的生命失落觀照，去力圖說明生命本體存在的自我反省爲何，無
論是用浮雲比喻遊子，或是以鳥類歸巢之思象徵思鄉不得歸來之苦，
曹丕都是欲藉此來表達自身對生命悲劇的深切體認，去反思生命本體
所存在於天地之間無法遁逃的價值思維，揭示出人生飄零、無所適從
的傷逝悲感，這仍然是曹丕人格生命結構所組成的另一面向，和曹丕
與集體文化意識互構的惜時（乘時）思維，並不矛盾且是並存的，同
時體現在其個體意識的價值體系當中。

　　乘時系統思維在建安時代是一種時代性的文化沉澱，曹操通過功
業的建立完成從傷逝到惜時的生命進程，充分地發展這有限的生命；
而曹丕面對的是相對於草創時期北方不穩定後的相對穩定，曹操親手
建立的北地江山，對於曹丕而言並未經由多大的波折就得到繼承的權
力，繼承之後需要處理的政事除了背負著政權一統的包袱外，更要面
對是否要改變政統形式的問題，在這時向內的迫切性對於曹丕而言超
越了向外的開拓，畢竟新政統假使確立也代表著一個新文化時代的可
能展開，這樣的思考反映在曹丕作品上，我們的確發覺他果然「一變
乃父悲壯之習矣」，〔註22〕以婉約連綿的造語，不斷地向內探索生命
的核心，把內心裡對於時間流逝的感懷，以及對於生命瞬時所產生的
矛盾與折磨，用細膩的筆觸，不同的題材，透過惜時主題去尋求生命
的歸趨，這種向內不斷深入生命隱晦處去挖掘生命價值的方式，的確
是惜時主題的另一種良好展現。

〔註22〕沈德潛《古詩源》卷五。

第四章　曹植生命的掙扎矛盾

　　曹植的生命過程經過前述的司馬門事件之後，產生了逆反的轉折，在他的生命深處，人格結構受到極大的衝擊，這個衝擊讓他的對自身生命的思考，從矛盾、掙扎的辯證中更加的深化。在曹丕即位稱帝後，曹植身旁較爲親信的謀士，更是一一遭到翦除，而曹植也屢次遭到曹丕刻意找尋理由的迫害，此時的曹植面對的是生命朝不保夕的恐懼，而這種恐懼的肇因是政治融合親情的，親情卻被溶解在政治上的猜忌裡，這種內外在的相互激盪，讓曹植生活在極大的痛苦當中，這種痛苦並非是反抗式的，而是一種仍然懷抱建立功業渴望，但卻害怕生命因自己的態度而因再次遭到挫折而逝去，畢竟這時的曹植經過了一連串生命挫敗後，已不再是早期縱情任性的貴冑公子，而是一個見機行事，小心謹愼的藩王而已，所以我們從〈獻詩〉、〈責躬〉、〈應詔〉等詩並看不出那種因怨忿至極的反抗心態，而是娓娓哀怨的小媳婦情緒狀態，「是以愚臣徘徊於恩澤而不敢自棄者也」，[註1] 這種「不敢自棄」是一種壓抑貶低自己人格本質，去希望有機會能夠完成生命理想的矛盾痛苦，這相對於早期子建傲物恃才的凌物表現，實際上是一種人格生命的極大轉變。

〔註 1〕 曹植〈獻詩〉，引書同《先秦漢魏南北朝詩》，逯欽立輯校，木鐸出版社，頁 445。

　　曹植一生據筆者分期爲三個階段，[註2] 以司馬門事件爲界作爲一個他生命過程的轉折，可分出前期的優游生活，與中期生命矛盾恐懼的黑暗時期，前後是曹植生命結構的萌芽期，中期則是他生命結構的完成期，而在魏明帝即位後，曹植的生命狀態似乎是得到了一線曙光，這時他又重燃生命本質裡一直存在的建功立業的思考，雖然明帝提供了較好的生活給他的叔父，卻仍然無法滿足曹植生命裡最大的缺憾，本期（晚期）可以說是曹植生命進程的復甦期，以下就分別藉由各期的討論，來分析曹植內心的糾結，與其消解糾結的內心辯證。

第一節　生命結構的萌芽期

　　曹植〈薤露行〉：

> 天地無窮極，陰陽轉相因。人居一世間，忽若風吹塵。願得展功勤，輸力於明君。懷此王佐才，慷慨獨不群。鱗介尊神龍，走獸宗麒麟。蟲類猶知德，何況於士人。孔氏刪詩書，王業粲以分，騁我徑寸翰，流藻垂華芬。[註3]

曹植在此提出了一個超越性的時空命題，認爲人類生命所處的空間是尋找不到邊界的，「無窮」已然說明了這個生存空間可以無窮的延伸發展，「極」則說明極限性對於這個空間是無法界域的；而天地透過陰陽化育萬物則是無時無刻不在進行，陰陽的流轉生成造就了萬物得以生生不息的可能性，正因爲時空的流轉變易隨時更迭，人類作爲萬物之靈，也仍然逃脫不了生命隨時可能消逝的命運；又時間是無窮地向前不斷運行，人類短暫的生命相對於永恆的時空，的確是如此渺小而無法辨識。曹植透過比前人對於永恆時空更深化的認識，展開其惜時主題的思維，也是曹植思想內部矛盾的開端，這個深化的認識在曹植生

〔註 2〕　分期雖然是一種割裂，然而分期也方便於我們從傷逝的母題，去觀察曹植在生命轉變過程的惜時心態，而本文分期並不採取以往的二分法，因爲二分法的粗糙，會使得本文在討論時喪失一些應該可供說明的部分。

〔註 3〕　引書同註1，頁422。

命的初期就已展現，但真正成為其作品的永恆命題則是在中期之後。

其實，初期的曹植對於建功立業就作為自己生命旅程的終極關懷，「展功勳」的價值走向正建基於其對內的自負，在他對自己的定位上，認為是具備著「王佐之才」，﹝註4﹞這種自負相對於其對時空的反省式思維，照理來說應該可以造就一番功業，然而曹植的失敗之處也正是在於過度的自負，以至於生命呈現出孤傲的人格特質，再說曹植自身的能力狀態是否能夠符合其自視的甚高，而呈現平衡，實際上也是有待商榷的。當然，除了建功立業之外，曹植也具備儒家內聖的思維，所以對於文化的承傳，也是曹植賦予自身的一個重責大任。

我們也不難看出在曹植的思維模式裡，著作文章的排名是後於建功立業的，亦即是在遇到如孔子般無法完成理想時，便退而求其次去使用語言文字去傳承文化、改變世界，作到「聲名自傳於後」（曹丕語），這正是曹植在此詩裡末兩句所言「騁我徑寸翰，流藻垂華芬」的可能詮釋之一。余英時先生認為關於中國古代的士子，大抵有兩種類型的思想，一為澄清天下，其次為保存典籍、推行教化。﹝註5﹞當然，筆者也認為曹植的思維裡，內聖與外王的確是呈顯著並存雜揉的狀態，不過這種存在有著不同的價值判斷，所以晚年的曹植仍然上書陳請，希望能夠完成其一以貫之的生命價值關懷的原因，正是在此。在曹植身上並存的思維，和前述所討論曹操與曹丕的分途思考，有著

﹝註 4﹞　曹植《與楊德祖書》：「辭賦小道，固未足以揄揚大義，彰示來世也。昔揚子雲先朝執戟之臣耳，猶稱壯夫不為也。吾雖薄德，位為藩侯，猶庶幾戮力上國，流惠下民，建永世之業，流金石之功，豈徒以翰墨為勳績，辭賦為君子哉？若吾志未果，吾道不行，則將采庶官之實錄，辨時俗之得失，定仁義之衷，成一家之言……」此言更直接的指出曹植生命過程的價值歸趨，可分成三個層次：第一為功業之建立，其次為非文學作品之著述整理，最末方為辭賦等文學作品書寫。且在當時社會環境，及受到其父兄的影響，追求「聲名自傳於後」的思維，也是相當清楚的，有時更尤甚過之，這的確可以說是一種用世的熱情。引自《曹植集校注》，人民文學出版社，1984.6，頁 154。

﹝註 5﹞　參余英時著《士與中國文化》。

相當不同的進路模式,「曹植常感感於自己的遭遇,較少觀照生命整
體的缺憾,這是他和曹操最不相同的一點⋯⋯同一個經世濟民的政治
熱望,在曹操是解答生命疑惑的途徑之一;在曹丕是肯定生命價值的
一把利器;而在曹植卻成了一切痛苦的根源」,〔註6〕這種生命價值的
進路模式建基在曹植一生的遭遇之上,使得曹植在生命旅程中有著更
多的掙扎與矛盾產生。〔註7〕

　　薩依德(Edward W. Said)說:

> 知識分子的代表是在行動本身,依賴的是一種意識,一種懷
> 疑、投注、不斷獻身於理性探究和道德判斷的意識;而這使
> 得個人紀錄在案並無所遁形。知道如何善用語言,知道何時
> 以語言介入,是知識分子行動的兩個必要特色。〔註8〕

自東漢中期後,知識分子的個體意識逐漸發展,透過對於政治的積極
參與,與追尋個人精神生命的獨立價值,逐漸體認到自身的存在不必
去依靠神性的權威,再加上東漢末年的民生凋蔽,社會不安的情況日
趨嚴重,當時的知識分子處於這種情況,「獨立的知識分子不是面對
處於邊緣地位沮喪的無力感,就是選擇加入體制、集團或政府的行
列」,〔註9〕亦即是「知識分子總是處於孤寂和結盟之間」,〔註10〕所

〔註6〕 引自於〈從遊仙詩看曹氏父子的性格與風格〉,張鈞莉著,收錄於《中
　　　　外文學》第20卷5期,頁113,民80.10。也因為如此,曹植得詩歌
　　　　中帶有某種陰柔之美,這種陰柔之美是向內鬱積的心靈所造成的,
　　　　而其詩歌內的陽剛美則透過其生命對於裡像價值的堅持與追尋而透
　　　　顯,所以有論者認為曹植詩歌是陽剛美與陰柔的統一。請參〈曹植
　　　　詩歌的陰柔之美〉,裴登峰著,原收錄於《西北民族學院學報》1991
　　　　年第1期。
〔註7〕 畢竟,在政治場域裡,曹操、曹丕均居於政體領導者的位置,雖然
　　　　他們面對的大環境並不相同,然而他們的詩裡也都不自覺的透露出
　　　　求才治世的想法;而曹丕則居於臣子的位置,且與曹丕有著親情的
　　　　聯繫,所以他對於國家社會的關懷,祇能走向希冀明君察識之可能。
　　　　請參〈蓬萊文章建安骨——試論中世紀詩談風骨之式微與復興〉,收
　　　　錄於《中古文學論叢》,林文月著,大安出版社,頁16,民78.6。
〔註8〕 薩依德著,單德興譯,《知識分子論》,麥田出版,1997,頁57。
〔註9〕 同前註,頁59。

以魏晉時期的知識分子通過惜時主題，反映出來關於出處問題，就產生本文所提出的架構分析。其實，建安時代的氛圍，代表著正是新政統的確立，於是上位者用人的政策與治理的方式，就是希望知識分子選擇加入這個新的體制，曹操與曹丕作為向外與向內的某種典型，曹植則可說是在此時的一種「存在的矛盾」。

第二節　生命結構的完成期

我們必須承認，曹丕作為一個魏政統的繼承者與統治者，的確掌控著權力的機制結構，作為任何政權底下的知識分子，或許正如薩依德所言的可以有兩大範疇的區分──「放逐者與邊緣人／專業人與業餘者」，〔註11〕實際上也就是筆者將提出的「流亡／核心」的觀念，在政統的政治下，對於士人（知識分子）多半採取的思維模式就是建基在「收編／消音」的方式上，雖然外在現象的處理因正統控制者的態度而有不同，但內在思維的基礎的確是無法脫出這個模式。同樣地當知識分子面對此種循環與輪迴，其面對的內在思維也相應地產生了「反利用／被溶解」的寄生思考，而有許多的知識分子則作出了另一種選擇，就是無論是否進入體制內，都堅持自己的內在聲響發聲，雖然大多數的人都在體制外或邊緣游擊。回到曹丕的身上之後，其實在政統和平的雙重轉移之後，〔註12〕曹丕也面臨了一個整合的契機（危機？），向外仍然背負著政權一統的歷史包袱，向內則仍然面臨了各股勢力的糾結與紛爭，而曹植與其他的兄弟對於政權的威脅，是更迫切需要處理的問題，在這種急需整合（整肅？）的情況下，曹植面臨的

〔註10〕同前註。

〔註11〕同前註。

〔註12〕這裡的雙重轉移，就是指曹操將對政權的控制轉移給曹丕，以及曹丕從漢取得實質上正統的合法性。當然，曹植生命的悲劇性在其兄稱帝之前早已造成，在司馬門之後就已受到曹操之冷淡對待。關於此問題，本文已有論述。亦可參〈曹植二題〉，王紹良著，收錄於《北方論叢》1988 年第 3 期。

各種威脅也進入了另一個階段。當然曹植所扮演角色的雙重性，[註13]
也更令他感到不解與痛苦，這個雙重角色其實也正是曹植內心痛苦的
根源。

　　曹植〈吁嗟篇〉：

　　　吁嗟此轉蓬，居世何獨然。長去本根逝，宿夜無休閒。東
　　　西經七陌，南北越九阡。卒遇回風起，吹我入雲間。自謂
　　　終天路，忽然下沉淵，驚飆接我出，故歸彼中田。當南而
　　　更北，謂東而反西。宕宕當何依，忽亡而復存。飄颻周八
　　　澤，連翩歷五山。流轉無恆處，誰知吾苦艱。願爲中林草，
　　　秋隨野火燔。糜滅豈不痛，願與根荄連。[註14]

此詩所透顯的感嘆，透過對於時間毫不留情的流轉，去對照生命旅程
的艱難，把屢遭打擊而不斷壓抑的憤懣之情，透過心靈內化後的現實
書寫，把那種「每欲求別見獨談，論及時政，幸冀試用，終不能得。
既還，悵然絕望……」[註15]的痛苦根源，抒發的淋漓盡致。這種矛
盾的產生正在於曹植具有「核心的流亡者」的雙重身分，他身爲王室
也曾受到曹操的青睞，然而因爲政治上失去了優勢地位，所以雖然居
於此政統的核心，卻無法取得實現理想的機會，在種雙重身份的流亡
狀態，使曹植更加地感到憤怨與折磨，透過傷逝而欲惜時的想法，在
此便走向了絕路，這種精神上的壓抑，使得曹植在此時期的作品裡，
惜時的思考中顯露出更多的是深沉的無奈，明知人生無常，時空無窮

〔註13〕　曹植的雙重身分，正在於他是曹丕的弟弟，與曹丕有深厚的親屬關
　　　　係；另一則又是曹丕政權之下的知識分子（文士），並且有強烈儒家
　　　　用世的精神與情懷。這兩種角色的扮演，的確使曹植在精神上受到
　　　　極大的折磨與創傷。

〔註14〕　引書同註1，頁423。

〔註15〕　引自《三國志・魏志・陳思王植傳》。引書版本同《三國志・魏志・
　　　　董卓傳》：「初平元年二月，乃徙天子都長安，焚燒洛陽宮室，悉發
　　　　掘陵墓，取寶物。」董卓在往長安前，將洛陽焚燬，並大掘陵墓，
　　　　將洛陽城變成了一個廢墟。引自〔晉〕陳壽著，陳乃乾校點，《三國
　　　　志》，北京中華書局二十四史點校本，1959.12 一版，1982.7 二版，
　　　　1985.8 二版 8 刷。p. 576。

盡地變化遞換，而自身的命運依舊地坎坷，而短暫生命根源的永恆價值歸趨，卻又呈現出飄零無根的現況，〈浮萍篇〉：

> 浮萍寄清水，隨風東西流。結髮辭嚴親，來爲君子仇。恪勤在朝夕，無端獲罪尤。在昔蒙恩惠，和樂如瑟琴。何意今摧頹，曠若商與參。茱萸自有芳，不若桂與蘭。新人雖可愛，無若故所歡。行雲有返期，君恩儻中還。慊慊仰天歎，愁心將何愬。日月不恆處，人生忽若寓。悲風來入懷，淚下如垂露，發篋造裳衣，裁縫紈與素。〔註16〕

曹植內心裡飄零的悲哀，正在於他對於親情的怨望，其與曹丕本出於一樹之根，而因爲政治的傾軋，導致兩人之間「浮沉各異勢，會合何時諧」，〔註17〕此詩把遷逝之悲感與個人生命之悲涼，以及對於親情的眷戀，三者融合爲一，透過自身對浮萍的情感投射，把漂蕩無所停駐、無所適從的心理狀態，層層鋪寫，使人讀來不免心酸。正是因爲「人生忽若寓」，對於浩瀚的詩空，我們不過只是以寓居的狀態存在於此，親情的倏然轉變，使得原本兄弟之間可以聯繫的空間，也突然地如參商星一般地遙遠，又因爲親情的矛盾是建基於政治的糾葛之中，反而更使得自身原本的滿腔抱負、惜時思維，實現的可能也遙遙無期，這種無可奈何的悲傷，是非常地深沉而窘迫的。其〈贈白馬王彪詩〉：

其一：

> 謁帝承明盧，逝將歸舊疆。清晨發皇邑，日夕過首陽。伊洛廣且深，欲濟川無梁。汎舟越洪濤，怨彼東路長。顧瞻戀城闕，引領情內傷。

其二：

> 太古何寥廓，山樹鬱蒼蒼。霖雨泥我塗，流潦浩縱橫。中逵絕無軌，改轍登高崗。修阪造雲日，我馬玄以黃。

其三：

〔註16〕引書同註1，頁424。
〔註17〕引自〈七哀詩〉，引書同註1，頁458。

玄黃猶能進，我思鬱以紆。鬱紆將何念，親愛在離居。本圖相與諧，中更不克俱。鴟梟鳴衡軛，豺狼當路衢。蒼蠅間白黑，讒巧反親疏。欲還絕無蹊，攬轡止踟躕。

其四：

踟躕亦何留，相思無終極。秋風發微涼，寒蟬鳴我側。原野何蕭條，白日忽西匿。歸鳥赴喬林，翩翩屬羽翼。孤獸走索群，銜草不遑食。感物傷我懷，撫心長太息。

其五：

太息將何爲，天命與我違。奈何念同生，一往形不歸。孤魂翔故域，靈柩寄京師。存者忽復過，亡沒身自衰。人生處一世，去若朝露晞。年在桑榆間，影響不能追。自顧非金石，咄唶令心悲。

其六：

心悲動我神，棄置莫復陳。丈夫志四海，萬里猶比鄰。恩愛苟不虧，在遠分日親。何必同衾幬，然後展懇勤。憂思成疾疢，無乃兒女仁。倉辛骨肉情，能不懷苦辛。

其七：

苦辛何慮思，天命信可疑。虛無求列仙，松子久吾欺。變故在斯須，百年誰能持。離別永無會，執手將何時。王其愛玉體，俱享黃髮期。收淚即長路，援筆從此辭。

此詩是曹植現存之作中，比較完整能夠去觀察在其生命中期的矛盾與掙扎，也是曹植詩裡較爲感情激揚憤激的作品，從其序中我們可以了解此詩的寫作背景，在於曹植與白馬王、任城王回朝京師，到洛陽後，曹植的同母異兄任城王曹彰，無端突然地去世，曹植內心的痛苦可想而知；又於歸途中，曹植與白馬王彪欲同路敍久別相隔之思，因有司阻止，害怕諸王在道路上互通聲息，﹝註18﹞所以最後也無法與兄弟暢

﹝註18﹞黃初年間，諸王的地位極爲卑弱低微，《資治通鑑·黃初三年》：「諸侯王皆寄地空名而無其實，王國各有老兵百餘人以爲守衛，隔絕千里之外，不聽朝聘，爲設防輔監國之官以伺察之，雖有王侯之號而儕於匹夫，皆思爲布衣而不能得。法既峻切，諸侯王過惡日聞。」

述別闊之情，曹植的內心既感傷痛，又覺憤恨，便完成此詩。〔註19〕關於此詩的解讀，筆者先引出陳祚明與今人王鍾陵的說法加以對照之後，再較為深入地去探討此詩中所透露出的有關於本文所欲處理的諸多訊息。陳祚明云：

> 《贈白馬王彪》〈謁帝承明廬篇〉首章虛寫景事，便婉轉不淡。分章者，首節定須虛起，易得平率。〈太谷何寥廓〉篇，《魏志》曰：「黃初四年七月，大雨，伊、洛溢流。」次章泥塗之苦，更悲切，備極行路艱難矣。下文乃曰此猶未足言苦，苦有甚於是者。折宕而書，情彌深。〈玄黃猶能進〉篇前兩章妙在一淺一深，伊、洛洪濤本深廣，已可悲，兼以霖雨，艱難更甚也。此章妙在以前兩章翻出正意，艱難不足惜，離析始云悲也。〈踟躕亦何留〉篇此首景中有情，甚佳。凡言情者須入景，方得動宕。若一於言情，但覺絮絮，反無味矣，景更哀涼獨絕。〈太息將何為〉篇此章乃是正意，憤薀愴涼。置在寫景一段之下，章法妙。〈心悲動我身〉篇人情至無聊之後，每有此強解語。強解者，其中正有不能解之至情也，故仍繼以「倉卒骨肉情」兩句。此等處，少陵極似之。贈徐幹、丁儀諸篇「良田無晚歲」等語亦是此法。〈苦心何慮思〉篇末章如賦終之亂，極寫淋漓，幾於生人做死別矣。至性纏綿，絕無組飾，而曲折動宕，置之《三百篇》中，誰曰不宜。〔註20〕

我們不難了解，曹丕對於諸親戚之防閑，如防小人一般，這亦可以印證前述論及曹丕之時，筆者所提及的向內的思維模式，曹丕的猜忌似乎也在於其對於政統是否會被兄弟佔據，感到極度的憂心，所以透過此引文，似乎可以察覺當時曹氏宗族之間的關係是處於緊繃的狀態。

〔註19〕 此詩序言：「黃初四年正月，白馬王、任城王與余俱朝京師。會節氣，到洛陽，任城王薨。至七月與白馬王還國。後有司以二王歸藩，道路宜異宿止，意毒恨之。蓋以大別在數日，是用自剖。與王辭焉，憤而成篇。」

〔註20〕 《采菽堂古詩選》卷六，引自於《三曹資料彙編》，頁194，木鐸出版社。

王鍾陵言：

> 全詩七章，曲折連環，層層推進。第一章寫「返舊疆」即
> 返回封地時對京城之眷戀。第二章寫途中遇霖雨，「改轍登
> 高崗」之疲勞。第三章抒發對「蒼蠅間白黑，讒巧令親疏」，
> 意即是對小人挑撥其兄弟關係的憤恨。第四章寫秋日原野
> 上蕭條日暮的景象，抒發自己淒涼的情懷。第五章抒寫因
> 任城王暴薨而引起的悲痛。第六章寬慰白馬王彪。第七章
> 以所囑保重作結。〔註21〕

當我們採用此爲兩組對照時，我們就可以從曹植這首組詩寫作的心理
歷程做更深入的剖析。首章的確是曹植發言爲詩的開端，正因爲作爲
京城的故鄉不能淹留，這種思鄉懷土念舊人的情懷在被迫離開鄉愁故
地時，透過時間短促的流逝，把立即要歸返封地，但鄉愁又如何能夠
消解的游子無根之心情，在首章裡以離行之速，但眷戀至深的無奈，
也鋪寫形成了一個逆反的對照，這個對照再以曹植返回舊疆的路途遙
遠，而被迫離開京城的動身時間又極短促的時間二次對照，更艱深了
曹植眷戀不捨的怨痛心情，所以此章末二句「顧瞻戀城闕，引領情內
傷」把自身對於京城不斷的顧盼遙望的眷眷之情，也以外在引頸翹首
的形象，與內在情感所深深烙印的傷痕，加以三度地對照，「戀」、「怨」
兩個關鍵字語，便成爲此組詩所糾結難解之處，傷逝的情懷在此詩當
中透過時空的處理與作者內心的痛楚，把惜時思維的某種過程內化，
我們透過此詩也可以觀察曹植生命的矛盾與糾結，更進一步可以去探
索曹植惜時思維的諸多問題。

　　第二章可以說是趕路返疆時，作者對於流寓空間的一個探索與交
集，所以行路之艱難不但具有社會化的意義，亦是作者透過外境去鋪
寫心靈底層的內在境況，此章的描寫著重於時空的不斷流轉，以之對
照自身行旅過程的艱辛困難，而外境在內心的情感投射，在第三章中

〔註21〕引自《中國中古詩歌史》，王鍾陵著，江蘇教育出版社，頁 277，
　　　　1988.5。

　　曹植便透過在行旅過程中鬱紓的「思」，巧妙地將二、三兩章的內外景像融而爲一，這個情感的勃發也是因爲第一章緣起裡所導致的怨憤，配合著行旅裡的泥塗之苦，在情感的基礎上受到外境的介入，反而使得此情可以一觸而發，所以我們看到第三章時的曹植，以行旅所見之獸類作爲內心鬱積憤怨源由的象徵物，一方面來鋪寫自身心理的眷念之情，一方面譴責發抒對於兄弟關係到此地步的憤恨，而纏彎地踟躕不前，正是在於此題之難解複雜，和曹丕之間的雙重關係，讓自己的狀態更加的糾結，踟躕的書寫使得時間突然地在曹植的馬匹上瞬間停止，然而對於外境的仍然流動，導致出一個巧妙地落差，在這個落差當中，曹植不間隙地讓自己的掙扎繼續、憤恨發抒，而時間在此動態與靜態的交錯，也使得此章的內涵達到了前人未曾觸及的方式與深度。

　　如果我們運用意象分析的方法進一步地觀察曹植由傷逝向惜時的思考，某一類型的語詞符號在他詩中的出現形成了一種相關群組，這些類型群往往承載著作者自覺或不自覺的潛在情感與意識型態，或是體現作者對於某種情事的發展或是情緒。從此詩第三章至第七章，曹植使用了頂眞的方法作每章詩的起頭，似乎正在於其內心的糾葛是綿密而流長的，我們透過第四章可以發覺作者承繼第三章的思維，繼續寫作眼中所見的路途景觀，並且以此景扣著詩中頭兩句「踟躕亦何留，相思無終極」的掙扎糾纏，把感物的情緒聯繫內心的情傷，以象徵物來喻託情志之不得，在其語彙的運用中，名詞如「秋風」、「寒蟬」、「原野」、「歸鳥」、「孤獸」都隱含著荒涼、無奈與孤獨，相互鏈結的複雜感受；而「踟躕」、「蕭條」、「鬱紓」、「寥廓」、「蒼蒼」等或雙聲、或疊韻的語詞，都表現出其內心反復輾轉糾結矛盾，但面對著事實卻又感到自身渺小無力的悲痛。而這顆複雜的心靈面對了這個同等複雜的政治環境，卻只能使得曹植「撫心長太息」，噓息這坎坷的生命旅程是如此的不堪。

　　第五章則拋卻了景物的書寫，直接抒發面對變故的情感狀態，也把原本實存的行旅時空，拉至了思維模式裡的形上時空，所以曹植發

出一個疑惑「太息將何爲，天命與我違」，到底如此的噓息相對於這個永恆時空所賦予我的短暫命定，又有什麼可以去改變的可能呢？縱使是如兄弟般的同出一根，但是在生命逝去之後，生前的所有形貌以至於外在的賦形又將會如何呢？曹植的感嘆便透過存與亡之間的對照，來弔詭地呈現存者生命的短暫倏忽，縱使靈魂存在，實際上這個存在的時間相對於浩浩地時間長流，曹植仍然是懷疑的。所以曹植感到扼腕噓息的正是因爲「人生處一世，去若朝露晞」、「天地無終極，人命若朝霜」，〔註 22〕相對於這個浩瀚的時空，人類生命存在的渺小與短促，也正是曹植詩裡不斷關切的問題，這個文題其實正構造出曹植惜時思維的基礎與核心。

如果第五章可以說是曹植此詩以至於生命的價值核心問題，第六章與第七章就是其惜時思維的向內調適，畢竟當曹植已經心傷到極點的時候，他仍然是選擇了向內的某種解脫，讓自己的心靈狀態不會因此而崩毀，而「天命信可疑」，天命的神性觀點受到了曹植的懷疑，畢竟在這個生命過程裡，所有的變故是倉促而起，當兩人的離別是因爲生命的消逝，這種死別未必還有執手相會的可能，但面對著骨肉的倉卒之情，內心難以釋懷的憂思，以及擔憂再次被迫害的恐懼，的確也纏繞著曹植與諸王的內心。這種兩者之間的拉扯與焦慮，如果再把它放在曹植「丈夫志四海」等價值最終歸趨的定位中心惜時思維上，我們可以看到一個隨時處在消解矛盾的士人典型，這種典型的建基在於曹植雙重身分所帶來的糾葛當中，而曹植也力圖想透過對於永恆時空的思考來消解自身的掙扎，但終其一生這種自覺性的超越仍然因爲他乘時的惜時思維不斷地介入，而導致失敗。

第三節　生命結構的復甦期

魏明帝即位後，曹植的生活處境得到了較佳的改變，太和三年

〔註22〕引書同註 1，〈送應氏詩〉二首之二，頁 454。

末，曹植徙封較爲富庶的東阿，可見明帝對於曹植已有優待之心，然而生活上的改善並不代表著政治處境亦會改變，曹植似乎尚未認識到此點，反而因爲生活狀況相對於黃初時的不同，重新燃起了曹植內心深處渴望建功立業的意念。而當時的政治情境在外而言，魏所面對的是三國鼎立的弔詭情態，諸葛亮所導演的蜀漢轉守爲攻，屢出祁山，並和孫吳相互呼應，以東西雙線連橫的方式威脅北方的魏國；向內則面臨著政治集團的逐漸傾軋與分崩，魏室宗親因曹操以至於曹丕的政策，導致他們徒有其名而毫無拱衛屏藩的能力，而非親魏之大臣，亦即是司馬氏系統集團的異姓之臣，以軍功與士姓地位的方式樹立黨羽，結盟勢力，等待魏之生變。曹植身見上情況之複雜，在此可以定業之時，又因爲生活狀態的變化，當然又燃起了其雄心壯志，冀求自試，完成其惜時的根源思維。他〈求自試表〉〔註23〕便承繼了其在黃初年間〈責躬〉〔註24〕詩裡的思維，而有不同。

　　曹植的惜時思維雖然承繼乃父經世濟民之理想，但更多的是以功名去成就自我的向內思考，亦即是曹丕的向內集中體現在文章經國大業的模式，而其弟曹植的向內則須以向外的功業完成作爲基礎，而上述曹植在各個階段表現出來的生命掙扎與矛盾，正也是其無法完成在

〔註23〕　〈求自試表〉「……正值陛下昇平之際，沐浴聖澤，潛潤德教，可謂厚幸矣！而位竊東藩，爵在上列，身被輕暖，口厭百味，目極奢靡，耳倦絲竹者，爵重祿厚之所致也。退念古之受爵祿者，有異於此，皆以功勳濟國，輔主惠民。今臣無德可述，無功可紀，若此終年，無益國朝，將掛風人彼已之譏……竊不自量，志在效命，庶立毛髮之功，以報所受之恩。……如微才弗試，沒世無聞，徒榮其軀而豐其體，生無益於世，死無損於數，虛荷上位而忝重祿，禽息鳥視，終於白首，此徒圈牢之養物，非臣之所志也。……志欲自效於明時，立功於聖世。每覽史籍，觀古忠臣義士，出一朝之命，以徇國家之難，身雖屠裂，而功名著於鼎鐘，名稱垂於竹帛，未嘗不撫心而嘆息也。……」引書同註4，頁368～371。
〔註24〕　〈責躬〉詩：「……長懼顛沛，抱罪黃壚。願蒙矢石，建旗東嶽。庶立毫釐，微攻自贖。危軀授命，知足免戾。甘赴江湘，奮戈吳越。天啓其衷，得會京畿。遲奉聖顏，如渴如饑。心之云慕，愴矣其悲。天高聽悲，皇肯照微。」，引書同註1，頁446。

他思維裡關於向內與向外的糾葛與纏結。

曹操 → 經世濟民理想 → 由外而內 → 解答生命疑惑的途徑 → 解憂
曹丕 → 文章經國大業 → 由內而外 → 肯定生命價值的客體 → 忘憂
曹植 → 功名成就自我 →（內外相濟→內外矛盾）→ 一切痛苦的根源 → 復憂

其實在〈責躬〉詩裡的曹植是心懷怵惕畏懼的，他一方面冀求自試，一方面則知道自己的處境在雙重身分底下的艱難坎坷，然而其內在的惜時根源思維卻不得不迫使他上書去搏那極渺小的希望，正因爲黃初時的曹植如臨深淵、如履薄冰，所以這時的他在詩中呈現的是卑微並且悲情的情感；然而到了太和年間的曹植因爲生活的改善，雙重身分也因爲曹丕的死亡而暫時得到消解，在這種情況下，壯年將逝的曹植雄心未減，反而因此而重新燃起了可以完成功名以惜時的希望，其實從〈求自試表中〉，我們可以看出此時的曹植冀求出仕的心情是如此的熱烈，這是他心靈的再次復甦，他在此表中的語言模式呈現的狀態是如此地情感迸發，可見其欲成就功名、以彰後代之心是如此地渴求能夠完成，這種曾經被屏棄排除在政治核心的孤獨失群之感受，惜時心靈無法歸宿的失落，似乎在此時有可能得到改變，「冀大綱之解結，得奮翅而遠遊」〔註25〕的生命理想伴隨著對於失群的恐懼，使得曹植在生命旅程的晚期鼓起生命內蘊的所有能量，去完成他的價值歸趨的永恆執著。雖然，結果絕不如預期，然而我們透過對於此過程的觀察，以及關於惜時主題在魏代普遍性的思考，對於認識曹氏父子

〔註25〕 〈白鶴賦〉，引書同註4，頁239。又，曹植喜以較大的空間跨度，展示一個廣闊的空間，讓敘述者帶領讀者在此空間裡活動，呈現出飄零無根的強烈感覺，生命的短暫相對於渺茫的時空，更令人感到無奈。而多數的作品中對人生命運的憂心，以及被雙重誤解的痛苦，都透過這種浩大壯美卻深沉的描寫去反映出來，縱使晚期的曹植因爲政治上束縛桎梏減輕許多，對於人生價值的信仰復甦，繼續地追求生命的自我完成，然而現實的狀態仍給他帶來了終此一生的絕對挫折。請參〈曹植詩歌意境美探析〉，收錄於《中國古代、近代文學研究月刊》1993年第12期，頁88～90，北京中國人民大學書報資料中心，1994.1.20。

以及其完整濫觴的乘時思維，有了一個最初步的認識。〔註26〕

第四節　小　結

　　漢末以來，社會的動亂導致的變化，使得漢朝凝結的時間觀念得到了轉變的契機，此時的文人呈現出普遍性的悲情命運，因為個體意識的強化與覺醒，文人的敏感與執著透過傷逝思維整體地受到強化，常常在無法得志之餘，陷入了理想與現實的內在衝突；新政統的控制者面對亂局，也陷入了從傷逝通往惜時的長考，向外則面臨政局的動盪，向內則產生生命價值定位的問題。其實無論從政權控制者以至於沉鬱下僚的文人，對於時間流逝的敏感程度，從建安時代以來就超越於前行代，而此時的文人在擺脫漢代神學的儒學規範後，他們安身立命的根源便返歸到原始儒學，但老莊的新思潮則可以讓他們去補足生命的缺陷，也使他們從道德人格的修養真確地質變成對於個體價值的探索，而文人生命的隨時消逝，〔註27〕更使得他們深切地體認到相對

〔註26〕張鈞莉認為：「曹操是英雄型的詩人，他生性豪宕，勇於面對悲苦，對人生的各種況味表現著探索真相的魄力和勇氣，在信仙與換取長生不死的盼望、和疑仙以保持理性的判斷之間，他一再嘗試，顯示他性格的複雜矛盾……曹丕則是政治家型的詩人，對於浮生若夢，光陰難再的哀愁，雖然體會至深，卻總是適時而止……寧可避開問題核心，轉移至當下的快樂主義，或現實的政治關懷上去……至於曹植……他少年順遂，不像曹操起於草萊，親歷人生百態而始終不忘理想；他又宦場失意，不像曹丕富貴雍容，而能對人世苦難保持冷靜旁觀的態度。因此曹植的詩，對於壽夭禍福這些人生共通的疑問，只是一般的感嘆，不似曹操追根究底；但對於現實生活中的坎坷遭遇，卻絕不能似曹丕般淡然處之……因此他的詩偏重在個人特殊的感懷，較略於生命共通的悲苦，少見廣闊的關懷，而充滿尖銳的痛苦。他是文人型的詩人……」，此論斷可與本文的分析相互補充發明。詳參〈從遊仙詩看曹氏父子的性格與風格〉，張鈞莉著，收錄於《中外文學》第20卷5期，頁117～118，民80.10。

〔註27〕據景蜀慧的統計，魏晉時主要詩人54位，被殺的有19人，因疾病、創鑱、憂憤、悒鬱而卒的共有15人，免官、辭官、避亂後卒的有5人，不詳的共有15人。從這個統計資料我們不難得見，非正常死亡的人數佔去百分之六十三，這裡筆者所謂的非正常是相對於當時的

於永恆時間的個體生命旅程之渺小，所以精神主體在此時便更形重
要，在文學史時間斷代上的魏代便是處於這個惜時主題濫觴以至於完
成的階段，從建安至於黃初、太和年間，乘時思維是普遍性文人內在
的價值根源，從曹氏父子對於生命密度的思考與實踐，他們著力於功
業、立藝、自我生命的惜時實踐，可以看出時間在此時成爲「一種發
展自我的空間」，﹝註 28﹞所以本文採取曹氏父子作爲討論的典型，並
兼及建安七子，正是在於他們在於惜時的思維足以代表概括當時整體
的文化思維。

　　亂局而言，所以關於悒鬱憂憤而死的，筆者亦處理爲非正常之死亡，
　　所以在此情況之下，文人的憂患意識非常強化，對於時間的感受亦
　　極爲敏銳。請見景蜀慧《魏晉詩人與政治》，文津出版社，民 80.11，
　　頁 7～p. 11。
﹝註 28﹞ 引自於王鍾陵《中國中古詩歌史》，江蘇教育出版社，1988.5，頁 199。

結語

如果從末世紀批評的角度觀察的話，漢末與建安雖作為一個朝代的氣運結尾，然而其反映出來了文化與社會整體性思維有本質上的差異，應劭曾記載一段掌故：

> 桓帝元嘉中，京師婦人作愁眉、啼妝、墮馬髻、折腰步、齲齒笑。愁眉者，細而曲折；啼妝者，薄拭目下若啼痕；墮馬髻者，側在一邊……始自梁冀家所為，京師翕然皆仿效之。
>
> 靈帝時，京師賓婚佳會，皆作魁櫑，酒酣之後，續以輓歌。魁櫑，喪家之樂；輓歌，執紼相偶和之音。天戒若曰：國家當即殄瘁，諸貴樂皆死亡。〔註 1〕

如此的時代氛圍的確呈現出一種末世紀的頹廢，桓、靈時代的文化思維傾向於選擇以自我放逐去確立主體意識，這種生命的放逐並非是自我救贖，而是普遍性地呈現頹廢與奢靡並存的末世風氣，此時整體文化氛圍的產生正是因為文人體內深處不穩定的因子，在人格不斷成長發展的過程中被各種權威強烈壓抑之下，或許只有當下的快感，才可以證明自我主體的確實存在。而此時的自我主體成為了道德價值之外的另一個中心價值，當然這已經開啓了建安時代個體意識完成的大

〔註 1〕引自應劭《風俗通義》，上海古籍出版社影印本。

門。建安時代雖然人們遭遇的是眞正的亂離與死亡，這些動盪使得文人在心裡悲憤著生命的易毀，促使文人相應於漢末反而萌芽完成了個人的生命意識，產生對於社會與文化的責任與期許，「眷生」的積極思維取代了「待死」的消極思維。另一方面建安時代的來臨，也呼應著顛覆傳統、揚棄模式、抗拒中心的屬於當代的後現代思考，新政統的模式確立，曹操的用人之策，以及對原始儒學的回歸與玄學清談的發端，相互沖激著這個時代的文化，曹操心靈根源的惜時思維迫使他將社會責任與建功立業的責任加諸於自身，這樣的一個終極關懷促使建安時期，變成了一個個體生命價值與群體族群生命，透過自覺而融合爲大生命體的時代。

建安文人的基礎生命美學，正是在於他們對於生命境界的積極堅韌的探索與追求，希望能夠追索到生命的根源以及最終永恆價值的歸趨，因爲時代的因素，「建安時代首先是一個功業的時代」，〔註2〕學者此言是把建安時代視爲涵括黃初與太和的大範疇斷代，但確實在筆者所定義的建安時期，文人主要的生命價值歸向正是在於建功立業、經世濟民，而這一路的思維進程也成爲正始之前文人思維的重要趨向。不過，黃初年間因爲三國鼎立之局已成，歷史上魏也取代漢展開了相對於曹操時期另一個新的政統局面，又兼之曹丕個人對於文學的愛好比其父有過之而無不及，所以雖然建安士人惜時的最高價值是建功立業，並非文章傳世，但黃初時政治環境的改變，第二代的羽翼已成，便產生了有如曹丕般的變奏。而曹植在三個時代的思維雖然主軸是祈求自試的心情，然而曹植身上所帶來的矛盾與掙扎尤甚於當時所有的士人，其雙重身分的阻隔配合著羈旅在外的嗟怨，使得曹植在生活與心靈上屢屢遭受打擊與迫害，所以透過曹植我們觀看到一顆惜時心靈的抑鬱與掙扎。〔註3〕

〔註2〕 引自錢志熙著《唐前生命觀與文學生命主題》，東方出版社，1997.6，頁219。
〔註3〕 雖然他們的性格與遭遇有極大的不同，使得他們在文學上各具相異

　　繁欽的《詠蕙詩》可以說是當作本文結語的重要作品，他深入地
描繪出當時文人惜時心靈躍動時的折磨與痛楚：

> 蕙草生山北，托身失所依。植根陰崖側，夙夜懼危頹。寒
> 泉浸我根，淒風常徘徊。三光照八極，獨不蒙餘暉。葩葉
> 永彫瘁，凝露不暇晞。百卉皆含榮，已獨失時姿。比我英
> 芳發，鵾鵙鳴已哀。〔註4〕

失時的處境是如此的危懼，時光的短暫是無法完成自己的理想，雖然
自己所託失所，然而更要修身以潔，雖不能向外求取建功立業的可
能，但可以向內曖曖含光，修養自我的道德人格，然而失卻了向外的
價值追求之後，卻又淒哀不已，這似乎是這個時代的共同的悲劇意
識，這種內外在傾軋心靈的矛盾，已然根植於此時士人的心理，對於
時間意識的掌握，多數的士人似乎仍然是無力的，但對於時間流逝的
敏感又勃發著他們的惜時思維，這兩者之間的不能契合，使得士人在
面對死亡的恐懼與生命消逝的無奈時，迸裂出一種悲劇性的壯美意
識，這的確是正始之前惜時生命文化的重要主題。劉朝謙認為：

> 建安文人們因此不再像傳統中人那樣，把自己的生命價值
> 交付與歷史與他人，他們從「過去」的時空走出來，開始
> 在「現在」與「未來」的時空中存活，他們因此尋覓到了
> 真正屬於自己的「這一個人」的生存時空。曹操以自己的
> 生命實在，把建安文人之在引導至此，其於中國人的人的
> 自覺，以及由此而來的文學的自覺，可謂厥功甚偉。〔註5〕

的風格，然而他們在整體文化的構成裡，題材與內容的選擇，時有
雷同之處，無論是公讌詩、社會寫實詩、政治詩、或是記情詠懷之
作、遊仙寓理的作品等等，都成為他們筆下都曾出現過的創作素材，
但也正因他們生命歷程不同，我們便可以透過觀察他們相同類型的
作品，去思考並比較討論諸多問題。請參〈從遊仙詩看曹氏父子的
性格與風格〉，張鈞莉著，收錄於《中外文學》20 卷 5 期，頁 95～
121，民 80.10。

〔註 4〕　引書同滕守堯《審美心理描述》，中國社科出版社，1985，頁 385。

〔註 5〕　請參〈生命臍帶的缺失與新的生存時空——從曹操生命的「越軌」
看建安文人之「在」〉，收錄於《中國古代、近代文學研究》1993 年
第 9 期，北京中國人民大學書報資料中心，頁 90。

經過正始時期曹氏與司馬氏的政治傾軋後，建安時期北地士人「慷慨以任氣，磊落以使才」的生命本質，以及建功立業的乘時思維，雖已然失落，曹植抑鬱以終的內在苦苦求索，也成爲正始時期生命觀質變的基調。尋求內心自適的驅動力，也取代了乘時系統的思維，變爲一種哲學性的超越。

參考文獻

一、古代經部、子部等雜著

1. 《尚書正義》，〔清〕阮元校刻十三經注疏本，北京中華書局影印，1991.6 六刷。
2. 《周易正義》，〔清〕阮元校刻十三經注疏本，北京中華書局影印，1991.6 六刷。
3. 《春秋左傳正義》，〔清〕阮元校刻十三經注疏本，北京中華書局影印，1991.6 六刷。
4. 《四書集注》，〔宋〕朱熹編撰，台灣中華書局，民 47.4。
5. 《世說新語譯註》，〔南朝宋〕劉義慶編撰、張之譯註，上海古籍出版社，1996.12。
6. 《世說新語箋疏》，〔南朝宋〕劉義慶編撰、余嘉錫箋疏，華正書局，1984。
7. 《孟子正義》，諸子集成本，北京中華局，1993.1 八刷。
8. 《老子註譯與評介》，陳鼓應著，香港中華書局，1990.12 重印本。
9. 《韓非子集解》，王先慎編撰，藝文印書館，北京中華書局。
10. 《莊子集解》，諸子集成本，北京中華書局，1993.1 八刷。
11. 《風俗通義》，〔魏〕應劭撰，上海古籍出版社，1990.10。
12. 《人物志》，〔魏〕劉劭撰、〔涼〕劉昞注，上海古籍出版社，1990.10。

二、古代史部專著

1. 《漢書》，〔漢〕班固，北京中華書局二十四史點校本，1983.6 四刷。

2. 《後漢書》，〔宋〕范曄，北京中華書局二十四史點校本，1987.10 四刷。

3. 《三國志》，〔晉〕陳壽，北京中華書局二十四史點校本，1985.8 二版八刷。

4. 《三國新志、三國志人名錄》，梅家駱主編，世界書局，民 70.6 三版。

5. 《晉書》，〔唐〕房玄齡等奉敕撰，北京中華書局二十四史點校本，1984.6 二版八刷。

6. 《新校本晉書一百三十卷》，鼎文書局，1979。

7. 《晉書人名索引》，楊家駱主編，鼎文書局，1979。

8. 《資治通鑑》，〔宋〕司馬光等編撰，北京中華書局點校本，1987.4 七刷。

三、古典文學集部與彙編專著

1. 《重訂屈原賦校注》，姜亮夫編撰，天津古籍出版社，1987.3。

2. 《建安七子集》，俞紹初集校，北京中華書局，1989.7。

3. 《曹操集》，〔魏〕曹操著，時代文藝出版社，1995.3。

4. 《曹丕集校注》，〔魏〕曹丕著，夏傳才、唐紹忠校注，1992.10。

5. 《曹植集校注》，〔魏〕曹植著，人民文學出版社，1984.6。

6. 《三曹集》，〔魏〕曹操、曹丕、曹植著。岳麓書社，1992.10。

7. 《全上古秦漢三國六朝文》，嚴可均輯，北京中華書局。

8. 《漢魏六朝百三家集》，張溥輯。文津出版社，1979。

9. 《先秦漢魏南北朝詩》，逯欽立輯校，木鐸出版社。

10. 《漢魏南北朝墓誌彙編》，趙超著，天津古籍出版社，1992.2。

11. 《文心雕龍義證》，〔南朝梁〕劉勰著、〔民國〕詹鍈義證。上海古籍出版社，1989.8。

12. 《文心雕龍注譯》，〔南朝梁〕劉勰著、周振甫注釋，里仁書局。

13. 《文心雕龍》，〔南朝梁〕劉勰著、王更生導讀，金楓出版有限公司，1988.8。

14. 《詩品注》，〔南朝梁〕鍾嶸著、陳延傑著。里仁書局，民 81.9。

15. 《魏晉南北朝文論選》，人民文學出版社，1996.10。

16. 《古詩源》，〔清〕沈德潛撰，商務出版社，1956。（世界書局，1974。）

17. 《三曹資料彙編》，木鐸出版社。

18. 《文筆考》，〔清〕阮福傳，世界書局，民 68.7 四版。

19. 《詩話類篇》，〔明〕王昌會著，廣文書局，1974。

20. 《詩體明辨》，〔明〕徐師曾著，廣文書局，1974。

21. 《詩論分類纂要》，朱任生著，台灣商務印書館，1974。

22. 《文鏡秘府論》，空海著，學海出版社，1974。

23. 《樂府詩集》（四冊），〔宋〕郭茂倩編，北京中華書局標點本，1979.11。

24. 《三曹晉南北朝文選》，陸維釗編註，正中書局，1974。

25. 《兩漢魏晉十一家文集》，世界書局編輯部輯，世界書局，1973。

26. 《魏晉五家詩注》，黃節等，世界書局，1962。

27. 《兩漢文學史參考資料》，北京大學中國文學史教研室編著，里仁書局，民81.7.16。

28. 《魏晉南北朝文學史參考資料》，北京大學中國文學史教研室編著，里仁書局，民81.7.16。

四、現、當代文學思想研究專著

1. 《中國古代文學十大主題》，王立著，文史哲出版社，民83.7。

2. 《中國山水詩研究》，王國瓔著，聯經出版社，民85.7十刷。

3. 《中古士族現象研究》，陳明著，文津出版社，民83.3。

4. 《中古文學論叢》，林文月著，大安出版社，民78.6。

5. 《心哉美矣——漢魏六朝文心流變史》，李建中著，文史哲出版社，民82.9。

6. 《六朝社會文化心態》，趙輝著，文津出版社，民87.1。

7. 《六朝唯美詩學》，王力堅著，文津出版社，1997.7。

8. 《抒情傳統與政治現實》，呂正惠著，大安出版社，民78.9。

9. 《比興物色與情景交融》，蔡英俊著，大安出版社，民84.3一版三刷。

10. 《玄學與魏晉士人心態》，羅宗強著，文史哲出版社，民81.11。

11. 《由隱逸到宮體》，洪順隆著，文史哲出版社，民73.7。

12. 《漢末士風與建安詩風》，孫明君著，文津出版社，民84.1。

13. 《魏晉清談》，唐翼明著，東大圖書公司，民81.10。

14. 《魏晉詩歌藝術原論》，錢志熙著，北京大學出版社，1993.1。

15. 《魏晉詩人與政治》，景蜀慧著，文津出版社，民80.11。

16. 《魏晉南北朝政治制度研究》，陳琳國著，文津出版社，民83.3。

17. 《唐前生命觀與文學生命主題》，錢志熙著，東方出版社，1997.6。

18. 《三曹評傳》，王巍著，遼寧古籍出版社，1995.3。

19. 《三曹詩論集》，陳飛之，廣西師範大學出版社，1989。

20. 《建安文學新論》，中洲古籍出版社，1992。

21. 《建安七子學述》，江建俊著，文史哲出版社，1982。

22. 《漢末人倫鑒識之總理則》，江建俊著，文史哲出版社，1983。

23. 《建安文學研究史論》，王巍著，吉林大學出版社，1994.7。

24. 《建安文學研究文集》，黃山書社編印，1984年版。

25. 《魏晉思想（甲編三種）》，賀昌群、劉大杰、袁行霈著，里仁書局，民84.8。

26. 《魏晉思想（乙編三種）》，魯迅、容肇祖、湯用彤著，里仁書局，民84.8。

27. 《魏晉之大思潮論稿》，田文棠著，陝西人民出版社，1988.12。

28. 《魏晉風度》，寧稼雨著，東方出版社，1992.9。

29. 《魏晉玄學與六朝文學》，陳順智著，武漢大學出版社，1993.7。

30. 《漢魏六朝文學新論——擬代與贈答篇》，梅家玲著，里仁書局，民86.4。

31. 《崩潰與重建中的困惑——魏晉風度研究》，馬良懷著，中國社會科學院出版社，1993.4。

32. 《魏晉南北朝詞語例釋》，蔡鏡浩著，江蘇古籍出版社，1990.11。

33. 《魏晉南北朝史隋唐經濟史稿》，李劍農著，北京三聯書店，1959.5。

34. 《六朝古小說語彙集》，森野繁夫編，日本朋友書店，1990。

35. 《六朝時代學者之人生哲學》，陳安仁著，上海正中書局，1946。

36. 《玄學、文化、佛教》，湯用彤著，盧山出版社，1978。

37. 《九品中正與六朝門閥》，楊筠如著，商務印書館，1930。

38. 《中古文學論叢》，林文月著，大安出版社，1989。

39. 《六朝文論》，廖蔚卿著，聯經出版公司，1978。

40. 《六朝情境美學綜論》，鄭毓瑜著，台灣學生書局，民85.3。

41. 《仕隱與中國文學——六朝篇》，王師文進著，中山學術文化基金會，民88.2。

42. 《第三屆中國詩學會議論文集——魏晉南北朝詩學》，國立彰化師範大學國文系編印，民85.5。

43. 《魏晉南北朝文學與思想學術研討會論文集（第二輯）》，文津出版社，國立成功大學中文系主編，民82.11。

五、現、當代歷史思想研究專著

1. 《中國學術思想史》，林啓彥編著，書林，民83.1。

2. 《中國哲學史》，王邦雄等著，國立空中大學印行，民84.8。

3. 《中國文學史（上）》，葉慶炳著，台灣學生書局，民81.9三刷。

4. 《新編中國哲學史（一）》，勞思光著，三民書局，民84.4八版。

5. 《中國詩論史》，鈴木虎雄著、許總譯，廣西人民出版社。

6. 《中國哲學十九講》，牟宗三著，台灣學生書局，民82.8五刷。

7. 《中古文學史》，劉師培撰，世界書局，民68.7四版。

8. 《中古文學史論集》，王瑤，上海古籍出版社，1982.10。

9. 《中古文學史論文集》，曹道衡著，洪葉文化，1996.10。

10. 《中古文學史論文集續編》，曹道衡著，文津，民83.7。

11. 《中古文學史論》，王瑤，北京大學出版社，1986。

12. 《中國中古社會史論》，毛漢光著，聯經，1992.9二刷。

13. 《中國中古詩歌史》，王鍾陵著，江蘇教育出版社，1988.5。

14. 《中國中世文學批評史》，林田慎之助著，創文社東洋學叢書，1980.2。

15. 《中國上古中古文化史》，陳安仁著，華世出版社，1975。

16. 《六朝精神史研究》，吉川忠夫著，同朋社，1984.1～12。

17. 《魏晉南北朝史》，勞榦著，中華文化出版事業委員會，1954。中國文化大學出版部，1980。

18. 《魏晉南北朝史》，黎傑著，九思出版社，1978。

19. 《魏晉南北朝史》，鄒紀萬著，長橋出版社，1979。

20. 《魏晉南北朝史論稿》，萬繩楠著，安徽教育出版社，1983.8。

21. 《魏晉南北朝政治史》，張儐生著，中國文化大學出版部，1983.2。

22. 《魏晉南北朝文學史》，胡國治著，金圍出版公司，1983。

23. 《魏晉南北朝歷史論文集》，李則芬著，台灣商務印書館，1987。

24. 《魏晉南北朝地方行政制度史》，嚴耕望著，中央研究院，1962.7。

25. 《東晉南北朝學術編年六卷》，劉汝霖著，上海商務印書館，1936.1。

26. 《兩晉南北朝史》，呂思勉著，台灣開明書店，1948。

27. 《魏晉南北朝教育史資料》，程舜英著，北京師大出版社，1988.12。

28. 《魏晉玄學史》，許杭生等著，陝西師範大學，1989.7。

29. 《魏晉南北朝史》，王仲犖著，上海人民出版社，1994.3七刷。

30. 《魏晉南北朝史綱》，韓國磐著，人民出版社，1983.4。

六、其他輔助論析專著

1. 《上帝、死亡與時間》，艾瑪鈕埃爾・勒維納斯著，余中先譯，生活、讀書、新知三聯書店，1977.4。

2. 《士與中國文化》，余英時、周谷城主編，人民出版社，1987。

3. 《審美心理描述》，滕守堯著，中國社科出版社，1985。

4. 《美的歷程》，李澤厚著，谷風出版社，民 76.11。人民出版社，1979。

5. 《中國文化的深層結構》，孫隆基著，唐山出版社，民 82.6。

6. 《新史學・概念化史學》，上海譯文出版社，姚崇編譯，1989 年版。

7. 《知識分子論》，薩伊德著、單德興譯，麥田出版社，1997。

8. 《孤獨世紀末》，Joanne Wieland-Burston 著、宋偉航譯，立緒文化，民 88.1。

9. 《文學史新方法論》，王鍾陵著，蘇州大學出版社，1993.8。

10. 《華夏美學》，李澤厚著，時報文化，民 78。

11. 《詩化哲學》，山東文藝 1986 年版。

12. 《澄輝集》，林文月著，洪範書店，民 72。

13. 《才性與玄理》，牟宗三著，台灣學生書局，民 82.2 修訂八版（台七刷）。

14. 《時間地圖》，勒范恩（Robert Levine）著、馮克芸等譯，台灣商務印書館，1997.10。

七、期刊論文

1. 〈南朝文人的「歷史想像」與「山水關懷」——論「邊塞詩」的「大漢圖騰」與「山水詩」的「欣於所遇」〉，王師文進著，第三屆國際魏晉南北朝學術研討會發表論文。

2. 〈論魏晉士人時空意識之發生發展與體驗〉，尤師雅姿著，國立中興大學文學院文史學報第二十七期。文史學報編輯委員會主編，民 86.6。

3. 〈宗教的信仰何處去〉，卻斯勞・米洛許（Czeslaw Milosz）著、薛絢譯，收錄自《世紀末》，頁 17～26。Nathan. P. Gardels 編、薛絢譯，立緒文化，民 86.7。

4. 〈近年來建安文學研究綜述〉，王巍著，收錄於《中國古代、近代文學研究》月刊 1994 年第 3 期，頁 126～131。北京中國人民大學書報資料中心。

5. 〈激盪千秋的慷慨悲壯之詠──略談「建安文學興起之因」〉，潘嘯龍著，收錄於《中國古代、近代文學研究》月刊 1994 年第 3 期，頁 131～135。北京中國人民大學書報資料中心。

6. 〈推移中的瞬間──六朝士人於「歎逝」、「思舊」中的「現在」體驗〉，鄭瑜著，收錄自《六朝情境美學綜論》，頁 61～120。台灣學生書局，民 85.3。

7. 〈推移的悲哀〉，吉川幸次郎著，收錄於《中外文學》第六卷第四期。

8. 〈抒情傳統的本體意識──從理論的「演出」解讀「蘭亭集序」〉，張淑香著，收錄於《抒情傳統的省思與探討》，大安出版社，1992.3。

9. 〈傳統生死觀與中醫養生保健〉，徐宗良著，收錄於《醫古文知識》1997 年第 3 期，頁 8～11。中醫文化。

10. 〈論六朝美學之總體特徵與歷史地位〉，吳功正著，收錄於《中國文化研究》1997 年秋之卷（總第 17 期），頁 66～71，北京語言文化大學出版社，1997.8.28。

11. 〈難以忘情與魏晉士人的人生傷痛〉，高建新、張維娜著，收錄於《語文學刊》1997 年第 3 期（總第 119 期），頁 1～3。內蒙古師範大學，1997.6.25。

12. 〈論中古文學生命主題的盛衰之變及其社會背景〉，錢志熙著，收錄於《文學遺產》1997 年四月號，頁 13～21，中國社會科學院文學研究所、江蘇古籍出版社主辦，1997.4。

13. 〈從人的覺醒到「文學的自覺」──論「文學的自覺」始於魏晉〉，李文初著，收錄於《文藝理論研究》1997 年第 2 期，頁 45～53。

14. 〈《序志》篇的生命意識〉，涂光社著，收錄於《廣東民族學院學報》1997 年第 1 期（總第 39 期），頁 7～10，廣東民族學院學報編輯部，1997.3。

15. 〈漢魏名士的人格萎縮與通脫之風〉，徐國榮著，收錄於《學術月刊》1997 年第 8 期，頁 60～63。1997.8.20 出版。

16. 〈略論魏晉南北朝文人詩歌的發展線索與規律〉，胡大雷著，收錄於《中國古代、近代文學研究》月刊 1989 年第 2 期，頁 84～93，北京中國人民大學書報資料中心。

17. 〈中國古文論史上的日出──魏晉南北朝文論的精神力量探源〉，翁家禧著，收錄於《中國古代、近代文學研究》月刊 1994 年第 3 期，頁 295～302，北京中國人民大學書報資料中心。

18. 〈中國古代文人創作態勢的形成──從古詩十九首及南朝文學談起〉，劉躍進著，收錄於《中國古代、近代文學研究》月刊 1992 年第 12 期，頁 73～79，北京中國人民大學書報資料中心。

19. 〈生命臍帶的缺失與新的生存時空——從曹操的生命「越軌」看建安文人之「在」〉，劉朝謙著，收錄於《中國古代、近代文學研究》月刊 1993 年第 9 期，頁 85～90，北京中國人民大學書報資料中心。

20. 〈試論建安時期的宴遊詩〉，王利鎖著，收錄於《中國古代、近代文學研究》月刊 1991 年第 3 期，頁 89～94，北京中國人民大學書報資料中心。

21. 〈孔融的思想、性格與文風〉，張亞新著，收錄於《貴州大學學報》1987 年第 2 期。

22. 〈獨步漢南的建安詩人王粲〉，銳聲著，收錄於《藝術》1983 年第 5 期。

23. 〈王粲後期的詩賦更具有建安文學的時代特色〉，陳飛之著，收錄於《全國高等學校文科學報文摘》1985 年第 1 期。

24. 〈論曹操文章的風格〉，李曉陽著，收錄於《中國古代、近代文學研究》月刊 1991 年第 3 期，頁 95～100，北京中國人民大學書報資料中心。

25. 〈論曹操詩歌的創作道路〉，張士驄著，收錄於《中國古代、近代文學研究》月刊 1989 年第 4 期，頁 74～83，北京中國人民大學書報資料中心。

26. 〈略論曹操的詩歌風格〉，何世盛著，收錄於《許昌師專學報》1987 年第 2 期。

27. 〈曹操游仙詩新論〉，顧農著，收錄於《中國古代、近代文學研究》月刊 1993 年第 12 期，頁 82～86，北京中國人民大學書報資料中心。

28. 〈八代文風與曹操〉，郭預衡著，收錄於《光明日報》1984 年 2 月 28 日。

29. 〈曹丕詩歌的內容與風格〉，陳飛之著，收錄於《廣西師大學報》1986 年第 2 期。

30. 〈曹丕詩歌與樂府〉，章建新著，收錄於《安徽大學學報》1984 年第 2 期。

31. 〈曹植詩歌意境美探析〉，裴登峰著，收錄於《中國古代、近代文學研究》月刊 1993 年第 12 期，頁 87～92，北京中國人民大學書報資料中心。

32. 〈骨氣奇高詞采華茂——略論曹植和他的五言詩〉，施憲英著，收錄於《中國古代、近代文學研究》月刊 1989 年第 4 期，頁 85～90，北京中國人民大學書報資料中心。

33. 〈曹植詩歌的陰柔之美〉，裴登峰著，收錄於《西北民族學院學報》

1991 年第 1 期。

34. 〈曹植二題〉，王紹良著，收錄於《北方論叢》1988 年第 3 期。

35. 〈從三曹七子到二十四友——試論魏晉文人集團與文學精神的演變〉，李中華著，收錄於《中國古代、近代文學研究》月刊 1995 年第 9 期，頁 97～103，北京中國人民大學書報資料中心。

36. 〈二曹文學異同〉，張廷銀著，收錄於《中國古代、近代文學研究》月刊 1995 年第 9 期，頁 270～274，北京中國人民大學書報資料中心。

37. 〈魏晉南北朝詠史詩論略〉，江艷華著，收錄於《中國古代、近代文學研究》月刊 1994 年第 11 期，頁 70～74，北京中國人民大學書報資料中心。

38. 〈論荀彧——兼論曹操與東漢大族的關係〉，王永平著，收錄於揚州大學學報人文社會科學版 1997 年第 3 期（總第 3 期），頁 56～61，揚州大學學報編輯部，1997.5.30。

39. 〈魏晉名士的浪漫生活〉，收錄於魏晉南北朝文學與思想學術研討會論文集，頁 353～372，文史哲出版社，民 80.8。

40. 〈推移的悲哀〉，吉川幸次郎著，收錄於《中外文學》第 6 卷第 4 期，台大外文系，民 66.9。

41. 〈曹操父子的生命體驗〉，雷家驥著，收錄於《歷史月刊》第 21 期，頁 21～23，民 78.10。

42. 〈從遊仙詩看曹氏父子的性格與風格〉，張鈞莉著，收錄於《中外文學》第 20 卷 5 期，頁 95～121，民 80.10。

43. 〈建安詩人與悲情意識——以三曹七子詩歌爲例〉，張高評著，收錄於《第三屆中國詩學會議論文集——魏晉南北朝詩學》，頁 183～222，國立彰化師範大學國文系編印，民 85.5。

44. 〈三曹詩的意象與風格〉，李洲良著，收錄於《中國古代、近代文學研究》1991 年第 10 期，頁 112～117，北京中國人民大學書報資料中心編集。

45. 〈試論三曹詩歌的審美特徵〉，李南網著，收錄於《東北師大學報》1983 年第 2 期。

46. 〈建安詩風的演變〉，陳祖美著，收錄於《光明日報》1984 年 11 月 20 日。

47. 〈論建安詩派〉，陳忠著，收錄於《許昌師專學報》1991 年第 1 期。

48. 〈建安詩歌講錄（一至九講）〉，葉嘉瑩講、安易等整理，收錄於《國文天地》11 卷 9 期至 12 卷 9 期，民 85.2 至民 86.2。

49. 〈建安文學與三曹創作的風格〉，張文勳著，收錄於《雲南教育學院學報》1985 年 2 期。

50. 〈慷慨、哀美、人——也説建安詩風〉，張國星著，收錄於《文學遺產》1987 年第 6 期。

51. 〈試論建安詩風的慷慨——功名理想對情感的昇華〉，王偉英著，收錄於《齊齊哈爾師範學院學報》1991 年第 1 期。

52. 〈「建安風骨」是對建安文學美感特徵的概括〉，唐躍著，收錄於《建安文學研究文集》，黃山書社 1984 年版。

53. 〈「力」的文學：試談建安風骨〉，孫敏強著，收錄於《寧波師院學報》1985 年第 4 期。

54. 〈建安時期士人的政治地位、社會意識與文學思潮〉，詹福瑞著，收錄於《天府新論》1991 年第 4 期。

55. 〈建安文學對六朝文學的影響〉，劉文忠著，收錄於《文學遺產》1985 年第 2 期。

56. 〈論曹操之爲人及其作品〉，林文月著，收錄於《澄輝集》，洪範書店，民 72。

57. 〈才性四本論新詮〉，謝大寧著，收錄於《魏晉南北朝文學與思想學術研討會論文集（第二輯）》，頁 823～844。文津出版社，國立成功大大文系主編，民 82.11。

58. 〈詩社、詩史、詩潮、新世代〉，丁威仁著，收錄於《海峽兩岸詩刊學術研討會論文集》，頁 1～21。中國詩歌藝術學會主辦，1998.9.26～27。